Siamo tornati a caccia di creature mostruose,
sempre più terrificanti e pericolose;
ma non avrei avuto il coraggio di partire
per questa nuova avventura senza la preziosa
compagnia dei miei amici e di tutti voi,
che da casa ci portate nel cuore e nei pensieri!
Questo libro è dedicato proprio a voi,
che non mi lasciate solo nemmeno di fronte
al mostro più spaventoso e mi accompagnate,
avventura dopo avventura, ormai da mesi
o addirittura anni!
Grazie per aver reso possibile con il vostro
inestimabile supporto un nuovo capitolo
del nostro viaggio!

Leon

LE STORIE

LYON

Le STORIE da BRIVIDO

LYON

LYON

Le nuove avventure
di Lyon, Anna
e Cico

Storia, soggetto: Ettore Canu (Lyon)
Sceneggiatura, supervisione: Davide Costa
Layout, matite, chine, colori: Emanuele Virzì

Layout di copertina: Andrea Balconi
Layout interni: Bebung, Milano
Coordinamento editoriale: Marco Figini

In collaborazione con Tom's network
Coordinamento: Alberto Martinelli

Magazzini Salani è un marchio di Adriano Salani Editore

ISBN: 9791259570758

Finito di stampare nel mese di aprile 2022
per conto di Adriano Salani Editore s.u.r.l
da Grafiche Stella

ANIMA-TRONICS

IDENTIKIT

- **FORMA:**
animaleschi umanoidi di pezza

- **PROVENIENZA:**
il peggiore luna park del mondo

- **SEGNI PARTICOLARI:**
sono a pezzi ma non mollano

- **LIVELLO DI PERICOLO:**
estremo quando attaccano in branco

Sapete perché le mascotte dei luna park hanno la testa molto più grande del corpo? Per sembrare più simpatiche e innocue ai visitatori, così si sentiranno al sicuro e avranno più voglia di avvicinarsi a loro per un selfie. Però, se volete un consiglio, fareste meglio a stare lontani dal Cinghiale e dai suoi amici Animatronics. Probabilmente vi basterà vederli dal vivo per decidere di non avvicinarvi, e nessuno vi prenderà in giro per questo. Dopotutto, a chi verrebbe voglia di farsi una foto insieme a degli enormi pupazzi con il **pelo sintetico scolorito dal tempo e bruciato dall'acido?** Vi sembra una buona idea, con quei **denti aguzzi, affilati apposta per strappare braccia e gambe?** Per non parlare di tutti quei **rottami metallici** che spuntano dai loro corpi che cadono a pezzi. Invece che farvi una foto, vi dovreste chiedere come fanno a muoversi così veloci e a essere così silenziosi (quando vogliono) anche se sono pieni di **ingranaggi arrugginiti**. Ma non avrete il tempo di farvi queste domande: sarete troppo impegnati a trovare la strada più breve e sicura per scappare da loro, mentre una strana musichetta allieterà la vostra fuga dal luna park!

IN UNA PRIGIONE CHE DOVREBBE ESSERE SICURISSIMA...
MA COME MAI CI INFILIAMO SEMPRE IN QUESTI POSTACCI SOTTERRANEI?
PERCHÉ SIAMO CACCIATORI DI MOSTRACCI, CICO. E SE IL DETECTOR NON MENTE...
BEEP BEEP
...CREDO PROPRIO CHE TRA QUESTE STANZE CI SIANO FACCE CHE CONOSCIAMO BENISSIMO. GUARDA QUEI SEGNI SUI MURI, ANNA.
ARGH! VUOI DIRE CHE GLI ANIMATRONICI INDEMONIATI SONO TORNATI?!?
BEEP BEEP
GUARDATE LÌ, SECONDO TE?
OH NO, BARRY IL CINGHIALE!
BEH MA FORSE È A PEZZI, INNOCUO, E NON DOBBIAMO PREOCCUPARCI DI NULLA!
GLGLGLGLGLGL
...
O FORSE...

...UN ALTRO PUPAZZONE ANIMATO VERAMENTE BRUTTO GLI HA FATTO LA FESTA!
?!?
POTOO IL FETIDO!
KKKRRRRAAAAA
FERMATE QUESTO PENNUTO ARRUGGINITO!
TRANQUILLO, AMICO!
LO BLOCCO COL FUCILE ANTIGRAVITÀ!
ORA È TUTTO TUO...
...ANNA!
CRACK
FZZZL

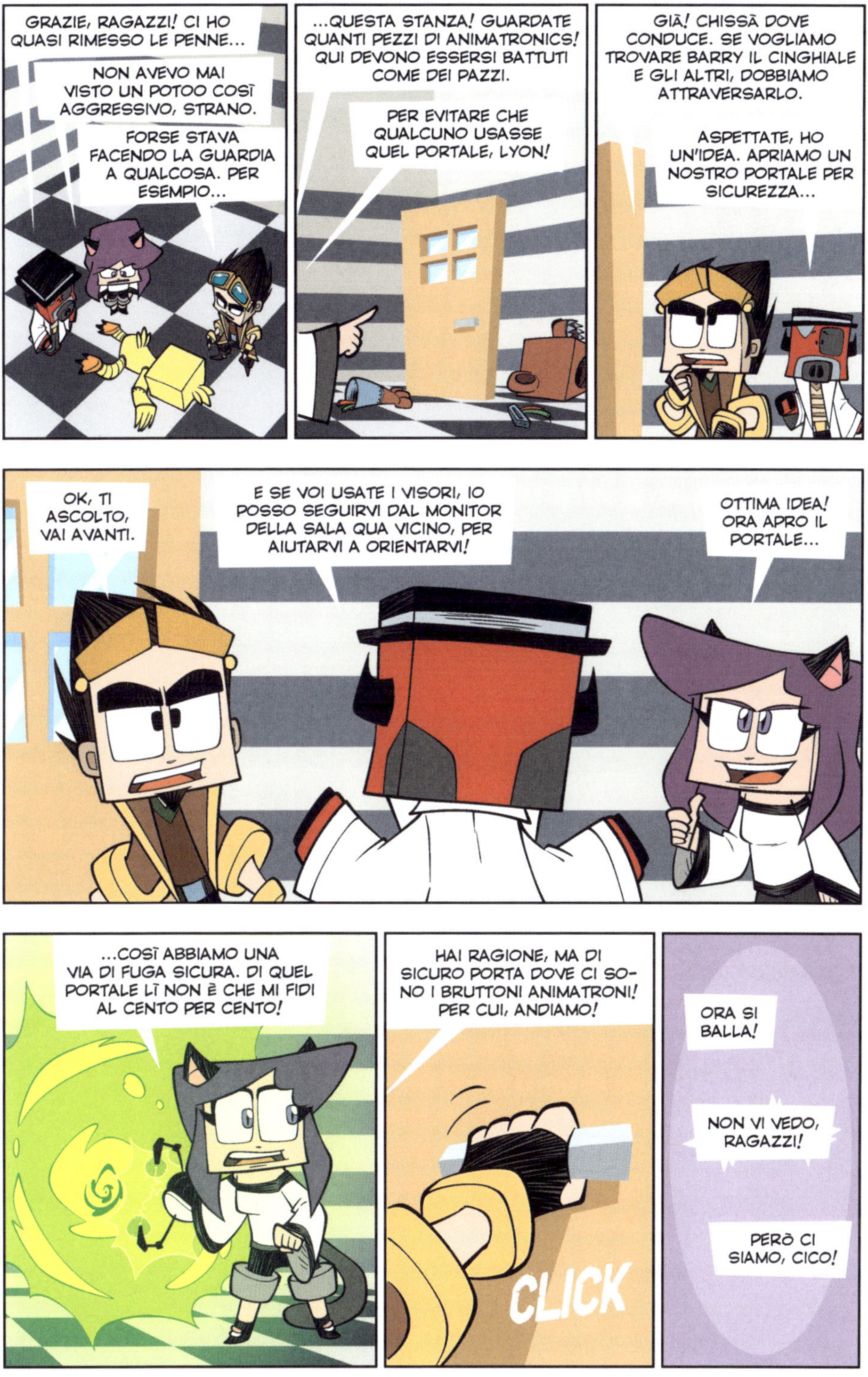
GRAZIE, RAGAZZI! CI HO QUASI RIMESSO LE PENNE...
NON AVEVO MAI VISTO UN POTOO COSÌ AGGRESSIVO, STRANO.
FORSE STAVA FACENDO LA GUARDIA A QUALCOSA. PER ESEMPIO...
...QUESTA STANZA! GUARDATE QUANTI PEZZI DI ANIMATRONICS! QUI DEVONO ESSERSI BATTUTI COME DEI PAZZI.
PER EVITARE CHE QUALCUNO USASSE QUEL PORTALE, LYON!
GIÀ! CHISSÀ DOVE CONDUCE. SE VOGLIAMO TROVARE BARRY IL CINGHIALE E GLI ALTRI, DOBBIAMO ATTRAVERSARLO.
ASPETTATE, HO UN'IDEA. APRIAMO UN NOSTRO PORTALE PER SICUREZZA...
OK, TI ASCOLTO, VAI AVANTI.
E SE VOI USATE I VISORI, IO POSSO SEGUIRVI DAL MONITOR DELLA SALA QUA VICINO, PER AIUTARVI A ORIENTARVI!
OTTIMA IDEA! ORA APRO IL PORTALE...
...COSÌ ABBIAMO UNA VIA DI FUGA SICURA. DI QUEL PORTALE LÌ NON È CHE MI FIDI AL CENTO PER CENTO!
HAI RAGIONE, MA DI SICURO PORTA DOVE CI SONO I BRUTTONI ANIMATRONI! PER CUI, ANDIAMO!
CLICK
ORA SI BALLA!
NON VI VEDO, RAGAZZI!
PERÒ CI SIAMO, CICO!

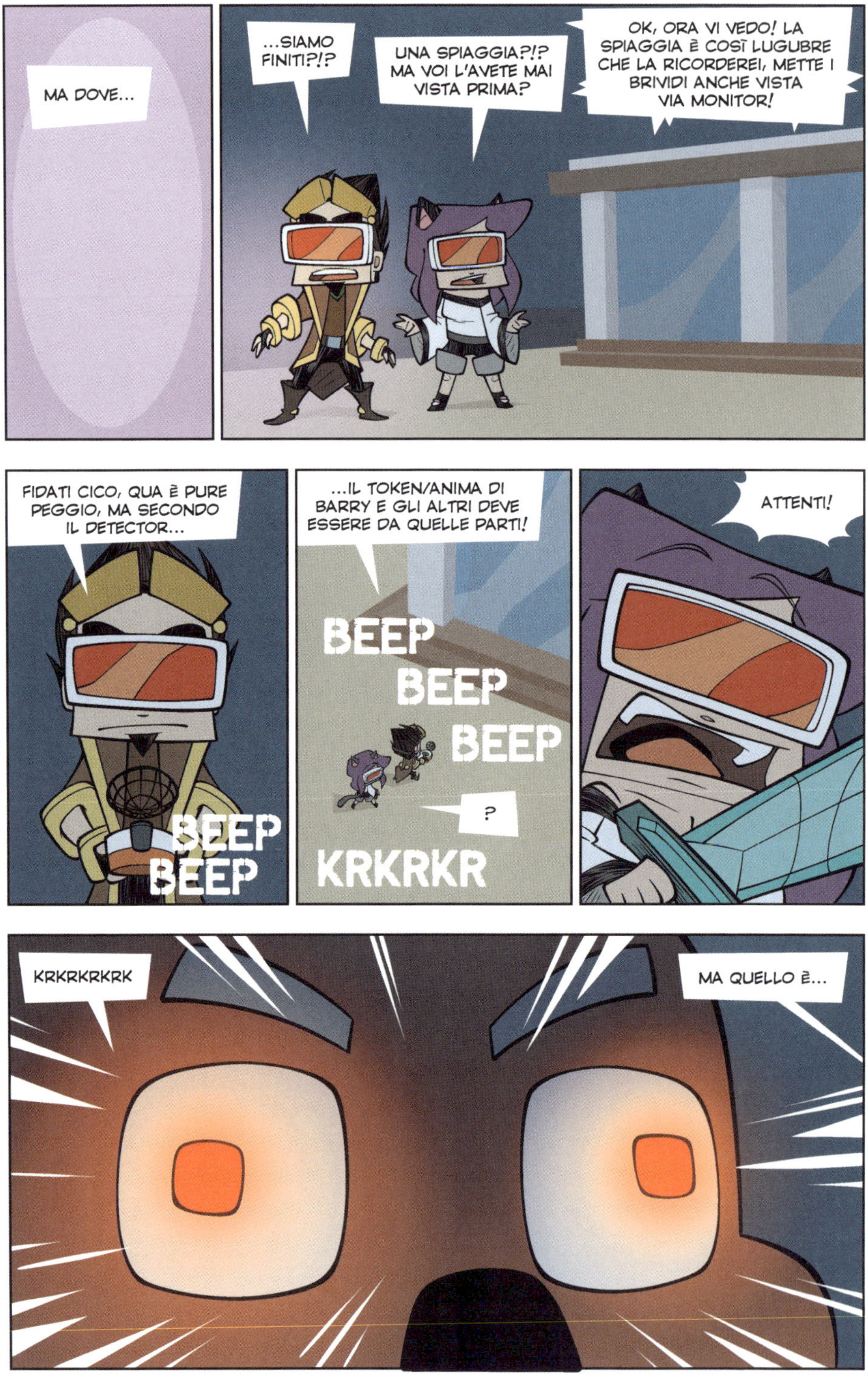
MA DOVE...
...SIAMO FINITI?!?
UNA SPIAGGIA?!? MA VOI L'AVETE MAI VISTA PRIMA?
OK, ORA VI VEDO! LA SPIAGGIA È COSÌ LUGUBRE CHE LA RICORDEREI, METTE I BRIVIDI ANCHE VISTA VIA MONITOR!
FIDATI CICO, QUA È PURE PEGGIO, MA SECONDO IL DETECTOR...
BEEP
BEEP
...IL TOKEN/ANIMA DI BARRY E GLI ALTRI DEVE ESSERE DA QUELLE PARTI!
BEEP
BEEP
BEEP
?
KRKRKR
ATTENTI!
KRKRKRKRK
MA QUELLO È...

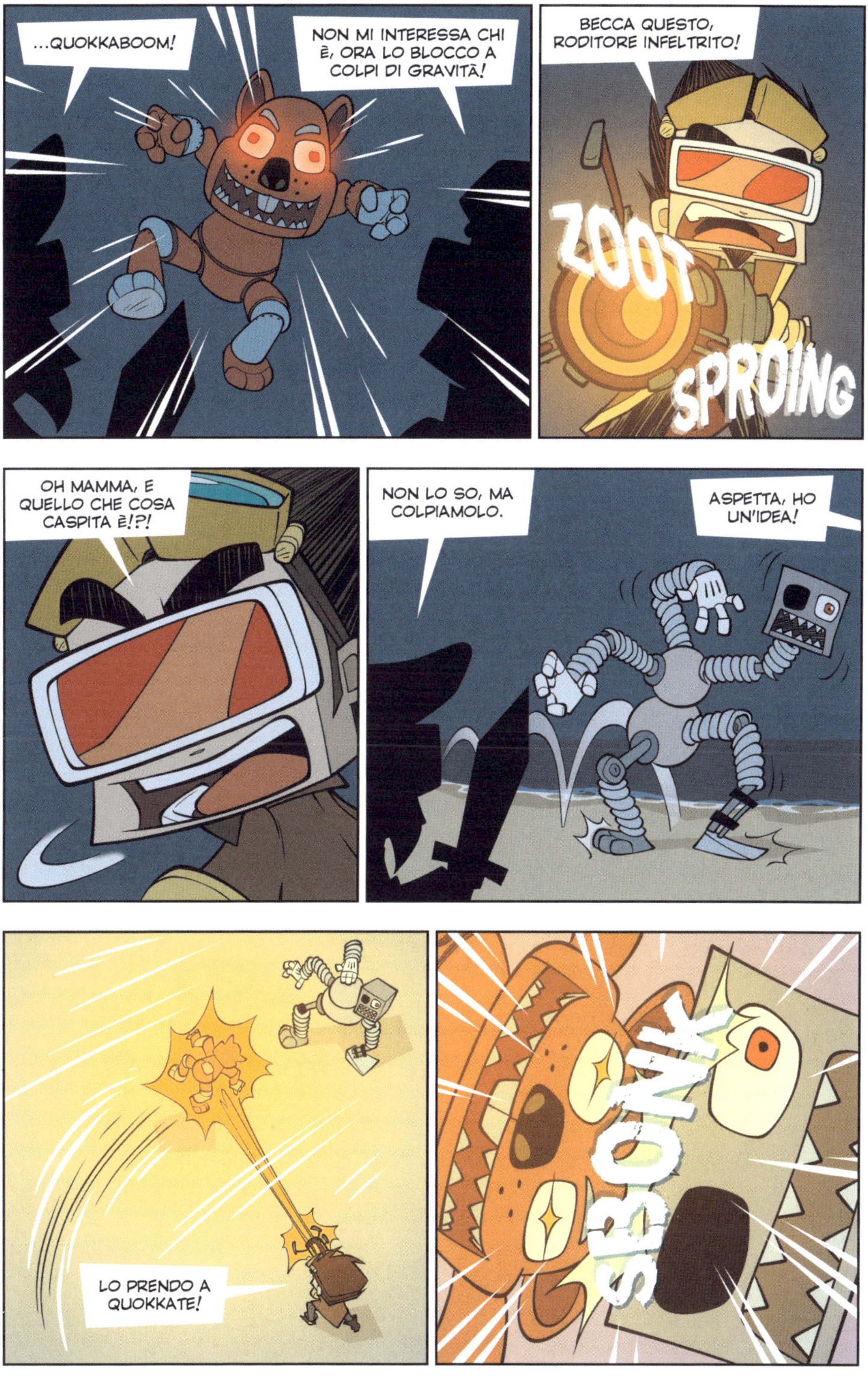
...QUOKKABOOM!
NON MI INTERESSA CHI È, ORA LO BLOCCO A COLPI DI GRAVITÀ!
BECCA QUESTO, RODITORE INFELTRITO!
ZOOT
SPROING
OH MAMMA, E QUELLO CHE COSA CASPITA È!?!
NON LO SO, MA COLPIAMOLO.
ASPETTA, HO UN'IDEA!
LO PRENDO A QUOKKATE!
SBONK

QUELL'AMMASSO DI MOLLE STA SCAPPANDO, DOBBIAMO PRENDERLO!
NO, ASPETTA! PRIMA TROVIAMO IL TOKEN, PRIMA POSSIAMO TORNARE INDIETRO.
HAI RAGIONE, SE CICO CI FA UNA RICOGNIZIONE IN REMOTO...
MA CERTO! QUESTO MONITOR È COLLEGATO ALLE TELECAMERE...
...DENTRO IL RISTORANTE, E NON C'È NESSUNO. POTETE ENTRARE. PERÒ MI RACCOMANDO...
...OCCHI APERTI!
COME SEMPRE!
BEEP BEEP BEEP
NON VEDO NULLA DI STRANO.
VEDO SOLO CIBO MARCIO E ALTRE COSE CHE NON VOGLIO APPROFONDIRE!
RKRKKRKRK
DALLA TELECAMERA DI SICUREZZA NON SI VEDE NULLA!
BEEEP BEEEP

EPPURE QUEL RUMORE L'HO SENTITO SENZA DUBBIO. VERO, ANNA?
NE SONO CERTA ANCHE IO! DOBBIAMO FIDARCI DELLE NOSTRE ORECCHIE, E DEL DETECTOR!
BEEP
BEEP
BEEP
BEEP
BEEP
OK, CREDO PROPRIO CI TOCCHI SGRANCHIRCI LE GAMBE, ANNA.
BEEP
BEEP
BEEEP
BEEP
QUELLA SCALINATA NON MI PIACE PER NIENTE...
CICO, DAI MONITOR VEDI DOVE PORTA?
C'È UNA CASA VERAMENTE INQUIETANTE, RAGAZZI. PERÒ NON VEDO BESTIACCE MECCANICHE.
MA I MICROFONI DELLE TELECAMERE NON FUNZIONANO. ASCOLTATE LE VOSTRE ORECCHIE, MI RACCOMANDO.
SPERIAMO BEN...!
RKRKRKRKRK

DI NUOVO QUEL SUONO!
SÌ, L'HO SENTITO ANCHE IO! CICO, RIESCI A VEDERE DENTRO LA CASA?
SÌ. NON CI VIVREI MAI, MA NON VEDO NEMICI ALL'INTERNO. PERÒ IL MONITOR È PIENO DI INTERFERENZE, STATE ATTENTI!
SENZA OFFESA, CICO, MA EVITEREMO DI ENTRARE CORRENDO COME SE NULLA FOSSE.
ENTRATA SOP-PIATTOSA, ARMI IN PUGNO, E TROVIAMO QUESTO TOKEN!
BEEP
BEEP
BEEP
SENTI IL DETECTOR COME BEEPA, SECONDO ME CI SIAMO QUASI.
FORSE TRA QUEGLI SCAFFALI?
BEEP
BEEP
BEEP
BRAVA, ANNA! CI STIAMO AVVICINANDO!
KRKRKRKRK
ECCOLO!
OH, NO!
BARRY!

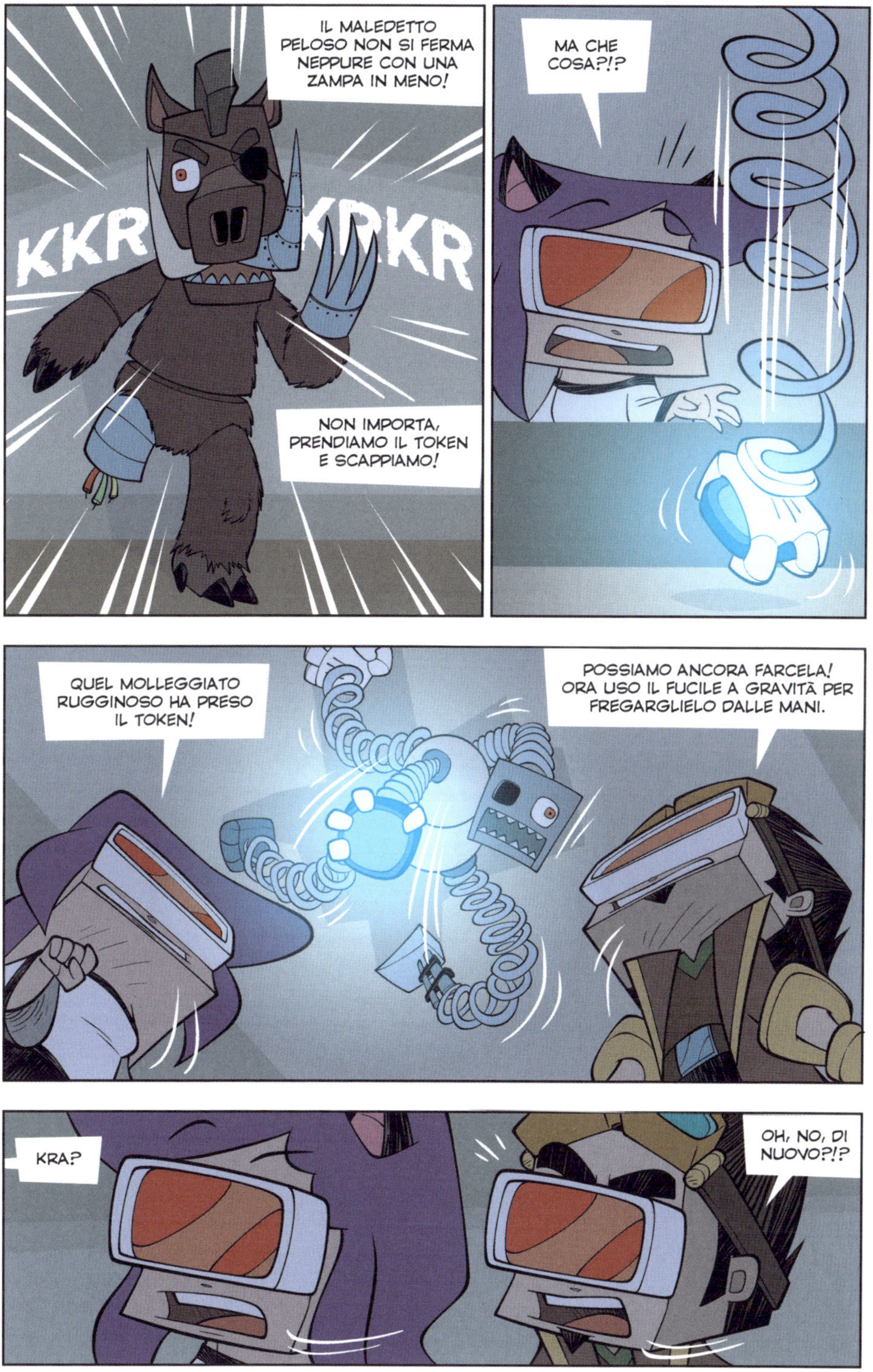
IL MALEDETTO PELOSO NON SI FERMA NEPPURE CON UNA ZAMPA IN MENO!
KKR KRKR
NON IMPORTA, PRENDIAMO IL TOKEN E SCAPPIAMO!
MA CHE COSA?!?
QUEL MOLLEGGIATO RUGGINOSO HA PRESO IL TOKEN!
POSSIAMO ANCORA FARCELA! ORA USO IL FUCILE A GRAVITÀ PER FREGARGLIELO DALLE MANI.
KRA?
OH, NO, DI NUOVO?!?

QUESTE PARODIE DI ROBOT MI STANNO STANCANDO.
A ME STANNO COMINCIANDO A TERRORIZZARE, ALTRO CHE STANCHEZZA!
CICO, TIENI APERTO IL PORTALE PER FARCI TORNARE, HO UN'IDEA.
AH, NON PENSERAI ABBIA AVUTO UN'IDEA COSÌ BANALE, VERO?
QUELLO CHE VOGLIO È IL TUO FACCIONE DA BRIVIDI, MOLLACCHIONE!
!!!
GRARH!
ECCO, COSÌ!

E ADESSO, SPE-
RIAMO FUNZIONI!
!!!
!?!
CLICK
SPROING
THUD
CLANK
CE L'ABBIAMO
FATTA!
E SE PERMETTI, QUE-
STO È NOSTRO! CICO,
APRI IL PORTALE!

CE L'AVETE FATTA!
PER UN PELO! MA I FESTEGGIAMENTI DOPO, DOBBIAMO CORRERE ALLA BASE...
...PRIMA CHE SI LIBERINO DA QUELL'AMMASSO DI MOLLE.
PORTIAMO IL TOKEN IN UNA CELLA TUTTA PER LORO.
MA CE N'È UNA ABBASTANZA GRANDE?
FRANCAMENTE, ANNA, NON MI SONO POSTO IL PROBLEMA TRA UN ROBOT ASSASSINO E L'ALTRO!
L'IMPORTANTE È CHE NON ESCANO DA QUA MAI PIÙ!
DI SICURO NON SOFFRIRANNO DI SOLITUDINE!

JEFF THE KILLER

IDENTIKIT

FORMA:
maschio caucasico

PROVENIENZA:
una scuola come tante

SEGNI PARTICOLARI:
sorride. sempre

LIVELLO DI PERICOLO:
inarrestabile

Forse Jeff era un ragazzino come tanti, nato in un quartiere come tanti, in una città come tante. Forse, invece, era un **ragazzino speciale**, nato nel posto giusto al momento giusto, con un futuro incredibile davanti, che aspettava solo di realizzarsi. O forse era un ragazzino a metà strada tra l'essere ordinario e l'essere straordinario. Purtroppo, però, altri ragazzini hanno deciso di cambiare per sempre la sua vita, un **giorno orribile** di tanti anni fa... Avevano già preso in giro Jeff un sacco di volte, gli avevano fatto **scherzi crudeli**, lo avevano bullizzato. Ma quella volta le cose andarono peggio del solito. Molto peggio. Ora Jeff non è più come prima, è diventato qualcuno, o forse qualcosa, di **inarrestabile, insaziabile, inafferrabile**. Gli piace dare la caccia a chiunque lo disturbi, soprattutto se si avvicina ai luoghi in cui è

cresciuto: gli angoli del suo quartiere e della scuola in cui i bulli lo hanno spinto molto al di là della cattiveria e della malvagità. Ormai il sorriso che gli taglia il volto non è di gioia o di allegria. **Guardatevi le spalle**, se vi azzardate a metter piede nel suo quartiere o se passate vicino allo scuolabus su cui tutto è cambiato per sempre, perché il Killer potrebbe già essere sulle vostre tracce. E non è detto che sia da solo...

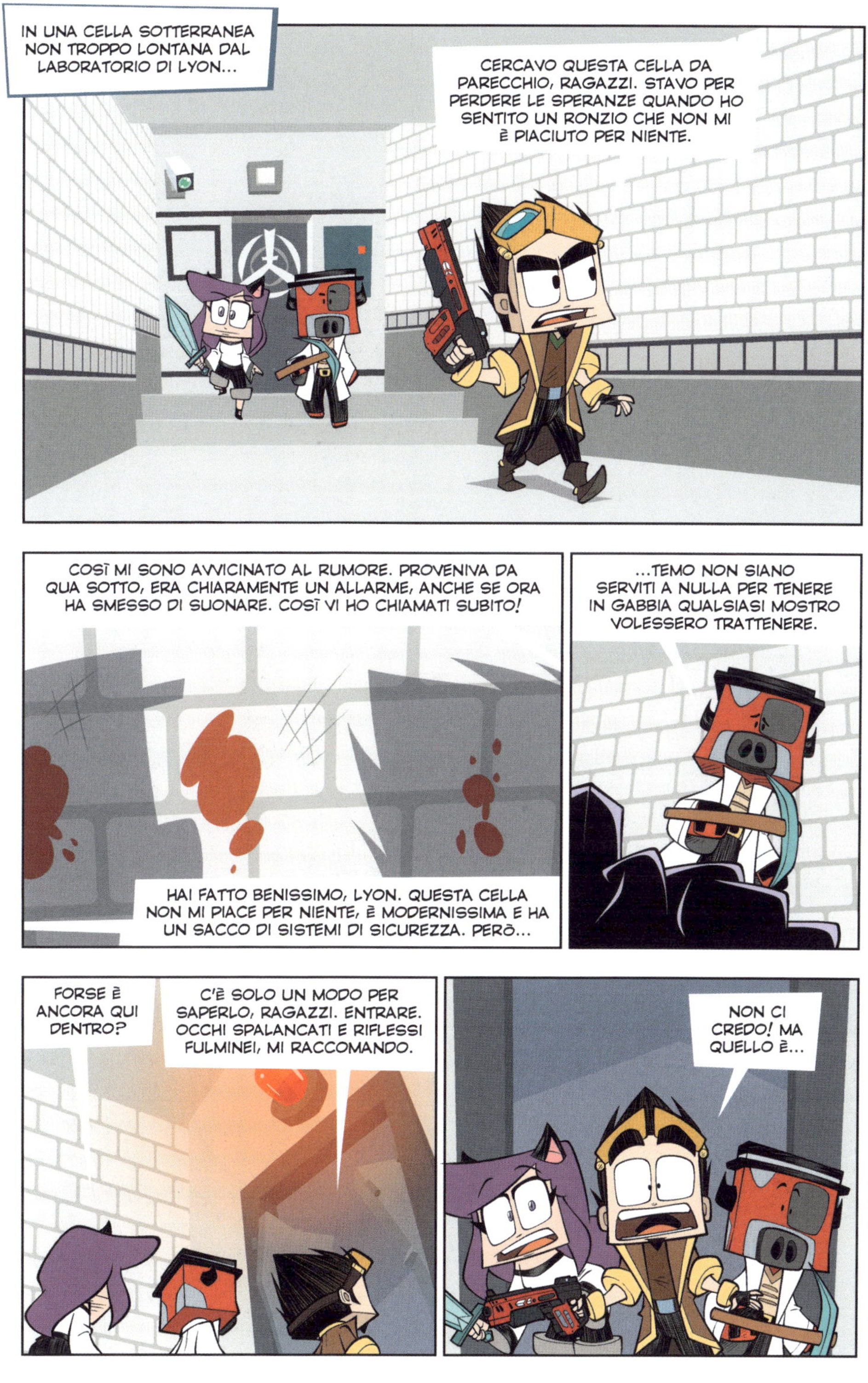
IN UNA CELLA SOTTERRANEA NON TROPPO LONTANA DAL LABORATORIO DI LYON...
CERCAVO QUESTA CELLA DA PARECCHIO, RAGAZZI. STAVO PER PERDERE LE SPERANZE QUANDO HO SENTITO UN RONZIO CHE NON MI È PIACIUTO PER NIENTE.
COSÌ MI SONO AVVICINATO AL RUMORE. PROVENIVA DA QUA SOTTO, ERA CHIARAMENTE UN ALLARME, ANCHE SE ORA HA SMESSO DI SUONARE. COSÌ VI HO CHIAMATI SUBITO!
HAI FATTO BENISSIMO, LYON. QUESTA CELLA NON MI PIACE PER NIENTE, È MODERNISSIMA E HA UN SACCO DI SISTEMI DI SICUREZZA. PERÒ...
...TEMO NON SIANO SERVITI A NULLA PER TENERE IN GABBIA QUALSIASI MOSTRO VOLESSERO TRATTENERE.
FORSE È ANCORA QUI DENTRO?
C'È SOLO UN MODO PER SAPERLO, RAGAZZI. ENTRARE. OCCHI SPALANCATI E RIFLESSI FULMINEI, MI RACCOMANDO.
NON CI CREDO! MA QUELLO È...

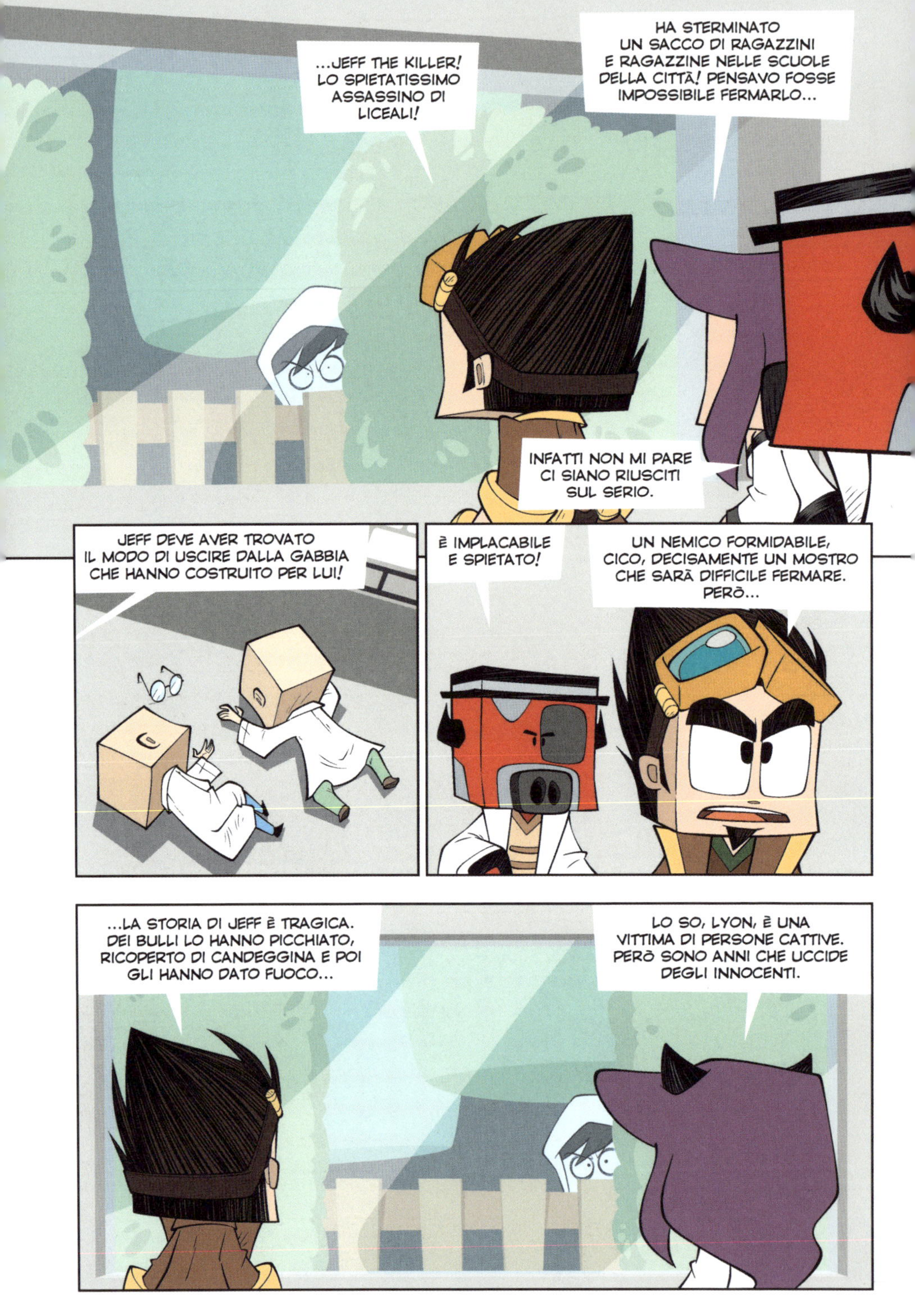

...JEFF THE KILLER! LO SPIETATISSIMO ASSASSINO DI LICEALI!
HA STERMINATO UN SACCO DI RAGAZZINI E RAGAZZINE NELLE SCUOLE DELLA CITTÀ! PENSAVO FOSSE IMPOSSIBILE FERMARLO...
INFATTI NON MI PARE CI SIANO RIUSCITI SUL SERIO.
JEFF DEVE AVER TROVATO IL MODO DI USCIRE DALLA GABBIA CHE HANNO COSTRUITO PER LUI!
È IMPLACABILE E SPIETATO!
UN NEMICO FORMIDABILE, CICO, DECISAMENTE UN MOSTRO CHE SARÀ DIFFICILE FERMARE. PERÒ...
...LA STORIA DI JEFF È TRAGICA. DEI BULLI LO HANNO PICCHIATO, RICOPERTO DI CANDEGGINA E POI GLI HANNO DATO FUOCO...
LO SO, LYON, È UNA VITTIMA DI PERSONE CATTIVE. PERÒ SONO ANNI CHE UCCIDE DEGLI INNOCENTI.

PER QUESTO LO FERMEREMO, ANNA, IN OGNI MODO POSSIBILE. PERÒ PENSO CHE, FORSE, CONSIDERARLO SEMPLICEMENTE UN MOSTRO SENZA CUORE POTREBBE ESSERE SBAGLIATO.
CI PENSEREMO UNA VOLTA RINCHIUSO IN UNA NOSTRA CELLA. MAGARI POTREMO PARLARE CON LUI. MA PER ORA...
...DOBBIAMO FERMARLO! CICO, VEDI BENE DAI NOSTRI VISORI?
ALLA GRANDE! MA... JEFF È SPARITO? NON LO VEDO TRA LE SIEPI!
CREDO SIA DENTRO LO SCUOLABUS, È UN LUOGO QUASI SACRO PER LUI. I BULLI LO BRUCIARONO PROPRIO DENTRO A UN BUS DEL TUTTO IDENTICO A QUELLO LÌ.
FORSE SI RINTANA QUA DENTRO PER PENSARE A QUELLA NOTTE TERRIBILE...
O FORSE A ELABORARE NUOVI PIANI OMICIDI.
ANNA, ATTENTA!
FAI DUE CHIACCHIERE CON QUESTO, ASSASSINO SENZA...

...CUORE? MA COS'È SUCCESSO!?!
CI HA TELEPORTATI! FORSE LO SCUOLABUS È UN PORTALE CAMUFFATO CHE USA PER MUOVERSI DOVE VUOLE!
AVREBBE SENSO!
CICO! CAPISCI DOVE CI TROVIAMO?
NON RICONOSCO L'AMBIENTE, MA SEMBRA IN TUTTO E PER TUTTO IL PIANO INTERRATO DI UNA SCUOLA.
MA CERTO, JEFF CERCA SEMPRE LE SUE VITTIME NEI LICEI DELLA CITTÀ, NO?
ALLORA DOBBIAMO USCIRE DA QUI, MA QUESTA PORTA È CHIUSA A CHIAVE!
TRANQUILLO...
...SU DI UNO SCAFFALE C'ERA LA CHIAVE!
STRANO, TROPPO FACILE. SEMBRA QUASI CHE VOGLIA FARCI USCIRE DA QUI. ALLORA FACCIAMO COSÌ...
TLACK
...APRIAMOLA CON QUESTO, PER ASSICURARCI CHE NON SIA SUBITO DIETRO LA PORTA.
GGNNNKKKK

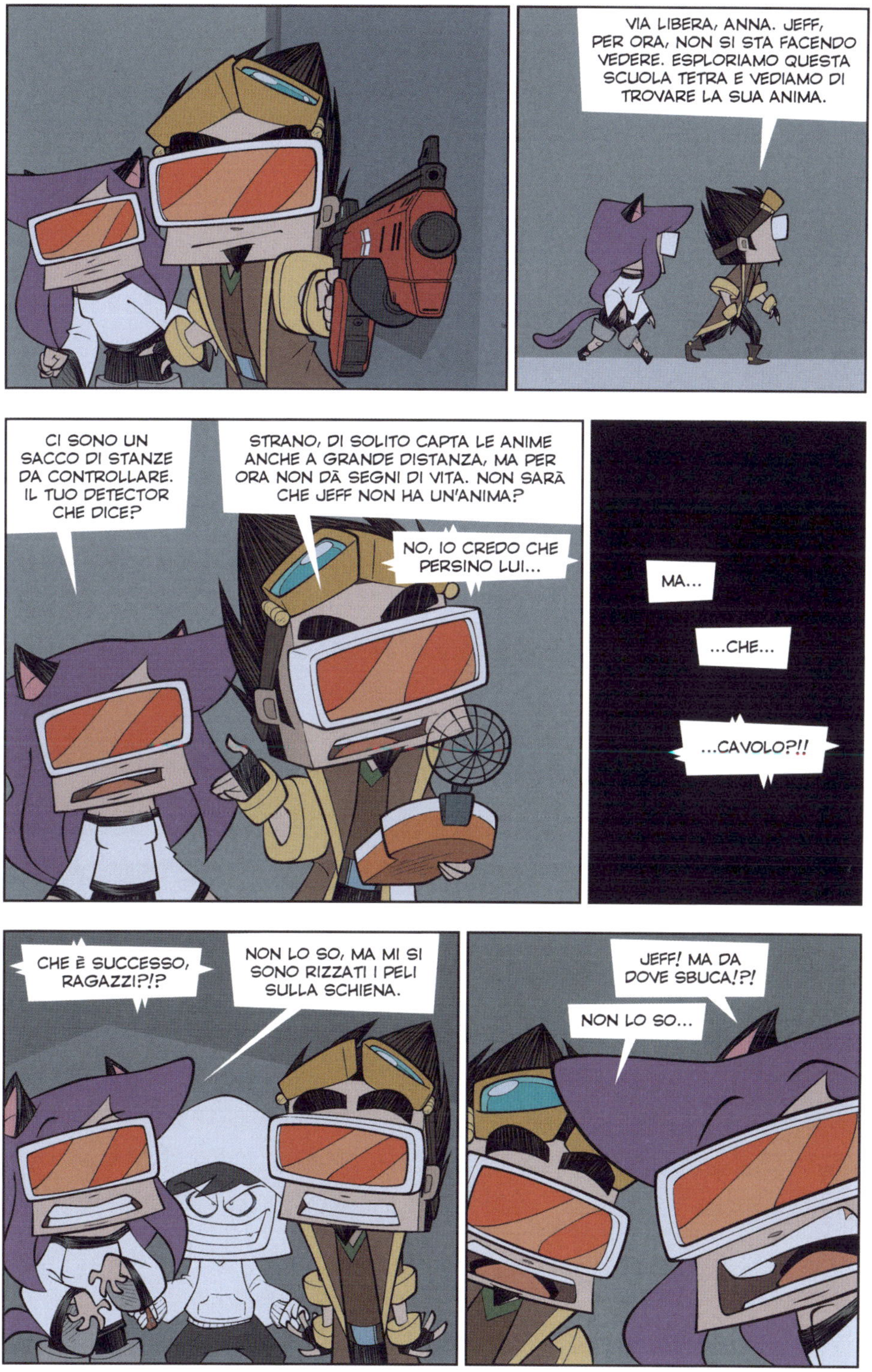
VIA LIBERA, ANNA. JEFF, PER ORA, NON SI STA FACENDO VEDERE. ESPLORIAMO QUESTA SCUOLA TETRA E VEDIAMO DI TROVARE LA SUA ANIMA.
CI SONO UN SACCO DI STANZE DA CONTROLLARE. IL TUO DETECTOR CHE DICE?
STRANO, DI SOLITO CAPTA LE ANIME ANCHE A GRANDE DISTANZA, MA PER ORA NON DÀ SEGNI DI VITA. NON SARÀ CHE JEFF NON HA UN'ANIMA?
NO, IO CREDO CHE PERSINO LUI...
MA...
...CHE...
...CAVOLO?!!
CHE È SUCCESSO, RAGAZZI?!?
NON LO SO, MA MI SI SONO RIZZATI I PELI SULLA SCHIENA.
JEFF! MA DA DOVE SBUCA!?!
NON LO SO...

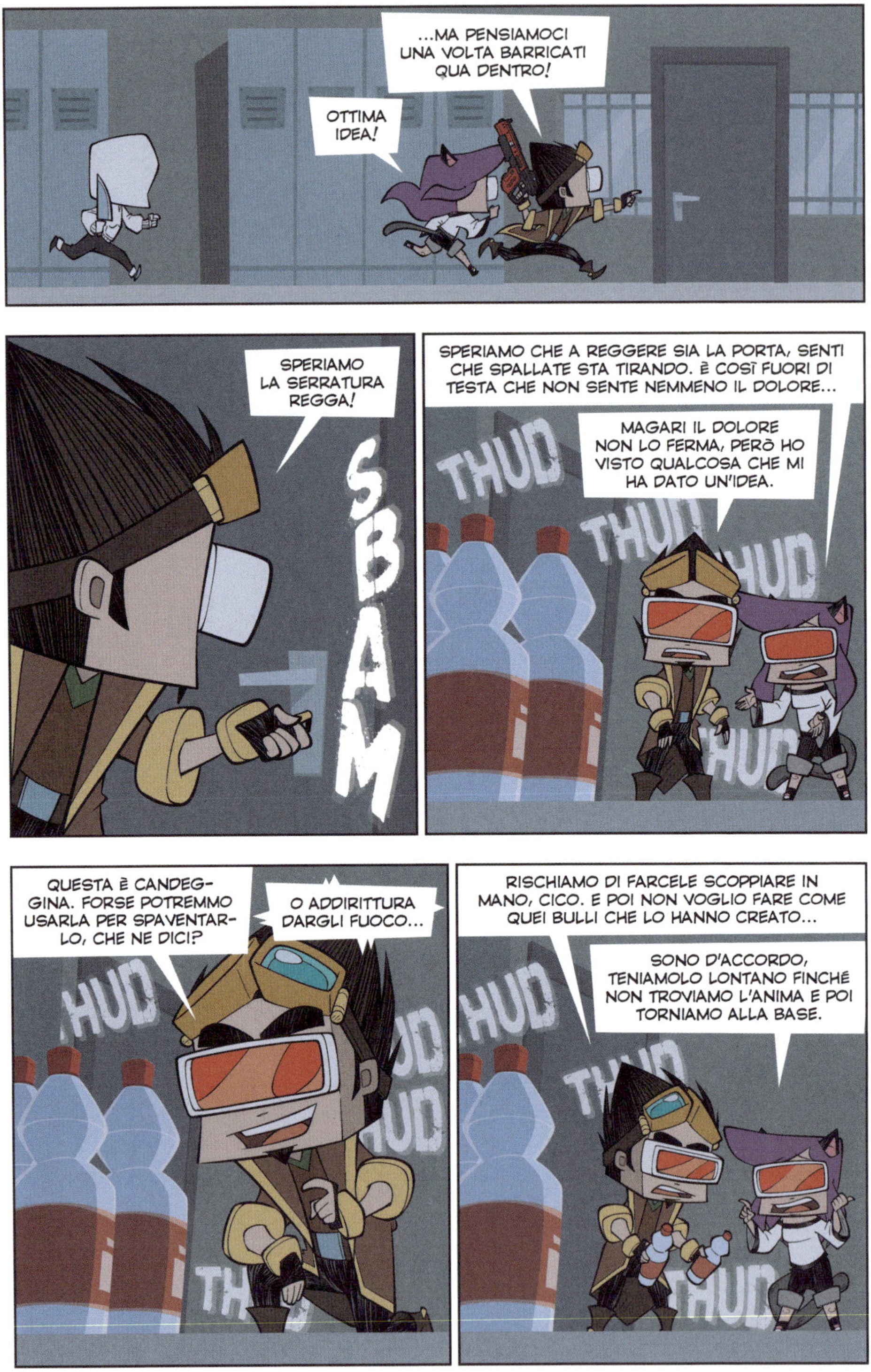
...MA PENSIAMOCI UNA VOLTA BARRICATI QUA DENTRO!
OTTIMA IDEA!
SPERIAMO LA SERRATURA REGGA!
SBAM
SPERIAMO CHE A REGGERE SIA LA PORTA, SENTI CHE SPALLATE STA TIRANDO. È COSÌ FUORI DI TESTA CHE NON SENTE NEMMENO IL DOLORE...
THUD
MAGARI IL DOLORE NON LO FERMA, PERÒ HO VISTO QUALCOSA CHE MI HA DATO UN'IDEA.
QUESTA È CANDEGGINA. FORSE POTREMMO USARLA PER SPAVENTARLO, CHE NE DICI?
O ADDIRITTURA DARGLI FUOCO...
RISCHIAMO DI FARCELE SCOPPIARE IN MANO, CICO. E POI NON VOGLIO FARE COME QUEI BULLI CHE LO HANNO CREATO...
SONO D'ACCORDO, TENIAMOLO LONTANO FINCHÉ NON TROVIAMO L'ANIMA E POI TORNIAMO ALLA BASE.

OK, ANNA, AL MIO TRE APRI LA PORTA E IO LO SPRUZZO DI CANDEGGINA. UNO... DUE...
THUD
THUD
THUD
THUD
...TRE?
SE NE È ANDATO?
PARE PROPRIO DI SÌ, ANNA. QUESTO APPARE E SCOMPARE COME UN FANTASMA, COMINCIO AD AVERE FIFA QUASI COME CICO.
HEY!
MENO BATTUTE E PIÙ AZIONE, RAGAZZI. USCIAMO DA QUI E VEDIAMO SE IL DETECTOR ORA FUNZIONA.
SÌ, DA QUESTA PARTE!
BEEP
BEEP
DI QUA, IL SEGNALE È PIÙ FORTE...
BEEP
BEEP
BEEP
LYON, MA QUELLA NON È...

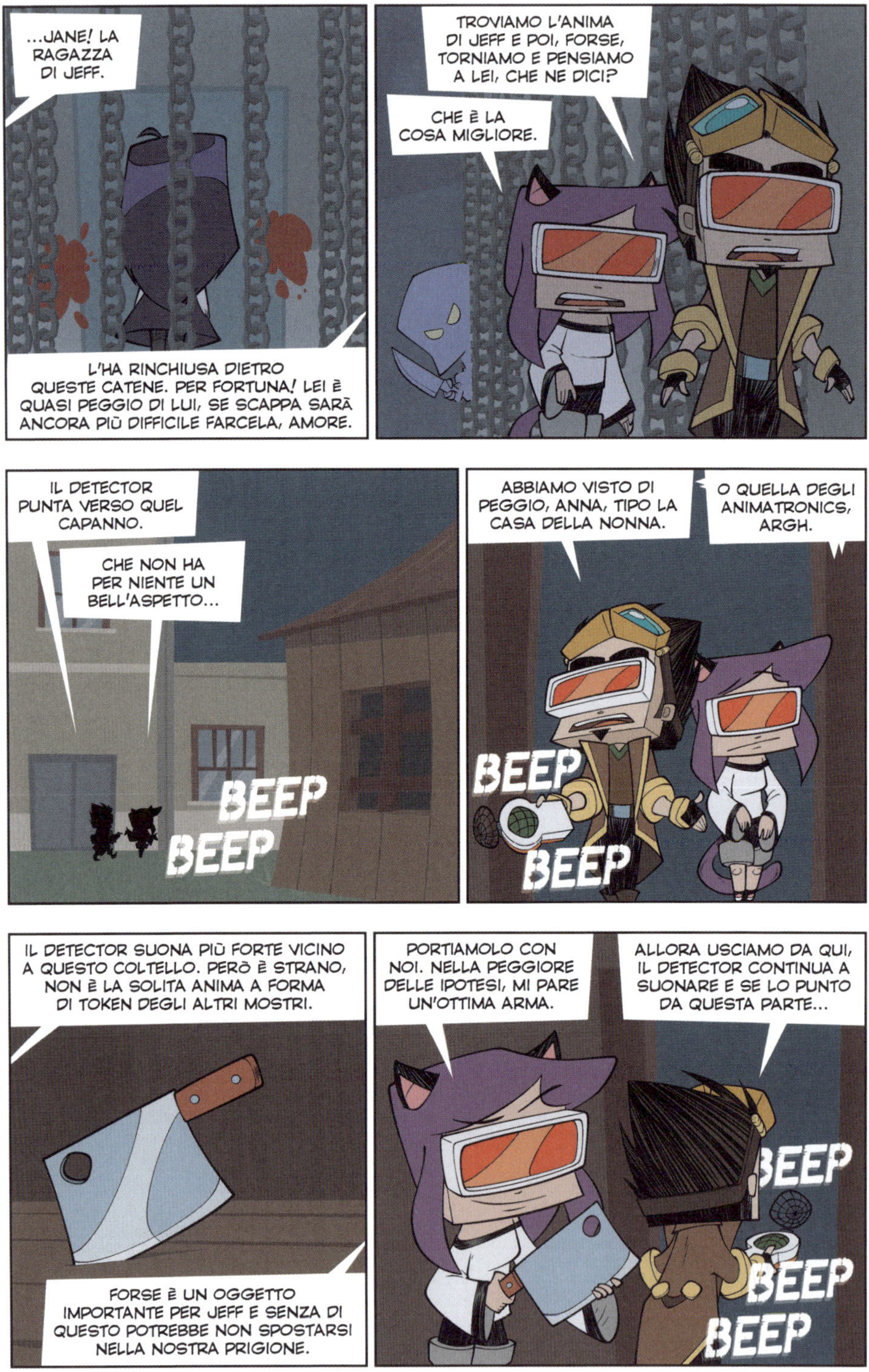

...JANE! LA RAGAZZA DI JEFF.
L'HA RINCHIUSA DIETRO QUESTE CATENE. PER FORTUNA! LEI È QUASI PEGGIO DI LUI, SE SCAPPA SARÀ ANCORA PIÙ DIFFICILE FARCELA, AMORE.
TROVIAMO L'ANIMA DI JEFF E POI, FORSE, TORNIAMO E PENSIAMO A LEI, CHE NE DICI?
CHE È LA COSA MIGLIORE.
IL DETECTOR PUNTA VERSO QUEL CAPANNO.
CHE NON HA PER NIENTE UN BELL'ASPETTO...
BEEP
BEEP
ABBIAMO VISTO DI PEGGIO, ANNA, TIPO LA CASA DELLA NONNA.
O QUELLA DEGLI ANIMATRONICS, ARGH.
BEEP
BEEP
IL DETECTOR SUONA PIÙ FORTE VICINO A QUESTO COLTELLO. PERÒ È STRANO, NON È LA SOLITA ANIMA A FORMA DI TOKEN DEGLI ALTRI MOSTRI.
FORSE È UN OGGETTO IMPORTANTE PER JEFF E SENZA DI QUESTO POTREBBE NON SPOSTARSI NELLA NOSTRA PRIGIONE.
PORTIAMOLO CON NOI. NELLA PEGGIORE DELLE IPOTESI, MI PARE UN'OTTIMA ARMA.
ALLORA USCIAMO DA QUI, IL DETECTOR CONTINUA A SUONARE E SE LO PUNTO DA QUESTA PARTE...
BEEP
BEEP
BEEP

...PUNTA VERSO LA PALESTRA. FORSE È LA VOLTA BUONA CHE TROVIAMO L'ANIMA DI QUEL MALEDETTO ASSASSINO.
SEMPRE CHE NON CI SCATENI CONTRO JANE O CHISSÀ CHI ALTRI...
ECCO LA SUA ANIMA! ORMAI CI SIAMO.
PER FORTUNA, QUESTO POSTO È ORRIBILE. GUARDA TUTTE QUELLE MACCHIE DI SANGUE. DEVE AVER FATTO UNA STRAGE PRIMA DI ATTIRARCI IN QUESTO POSTO CHE FA GELARE IL SANGUE NELLE VENE.
L'IMPORTANTE È CHE ORA QUESTA SIA NELLE NOSTRE MANI E CHE POSSIAMO SCAPPARE.
LYON, ATTENTO!
NON MI FAI PAURA, JEFF!
OK, FORSE UN LEGGERO TIMORE LO STO PROVANDO...
COPRITI GLI OCCHI, LYON!

FATTI LAVARE VIA QUEL GHIGNO DALLA FACCIA, BRUTTONE!
BRAVA, ANNA! ORA SCAPPIAMO!
FFFSSS
E SCAPPIAMO VELOCI, LA CANDEGGINA NON LO HA SPAVENTATO, LO HA SOLO DISTRATTO E RESO FURIOSO!
MI DISPIACE, HO IMPROVVISATO!
HAI FATTO BENISSIMO! DOBBIAMO SOLO TORNARE NEL SEMINTERRATO, DA LÌ POSSIAMO SICURAMENTE APRIRE UN PORTALE.
IO APRO L'ALTRO LATO DEL PORTALE QUI!
GRANDISSIMO, CICO!
OH, NO! L'HA LIBERATA!
O FORSE HA FATTO DI PEGGIO...
...COME NON DETTO, È ANCORA VIVA! E SI STANNO AVVICINANDO!
DOBBIAMO TENTARE IL TUTTO PER TUTTO PER RALLENTARLI.

MI DISPIACE, PICCIONCINI, MA ORA È QUESTIONE DI VITA O DI MORTE. E SE NON VI OFFENDETE...
...PREFERISCO VIVERE UN ALTRO GIORNO PER CACCIARE ALTRI MOSTRI COME VOI!
WWWOOOOSSSHHH
ANNA! HAI APERTO IL PORTALE?!?
SÌ, CHIUDI LA PORTA E CORRI QUI!
SBRAMM
PRIMA CHE QUEI DUE SFONDINO LA PORTA!
APPUNTO!

MA SIAMO NEL NOSTRO LABO-RATORIO?!?
BEH MI È SEMBRATA UNA SITUAZIONE DISPERATA...
...PER CUI SONO CORSO QUI PER APRIRE IL PORTALE!
AMICO, SEI UN GENIO!
PERFETTO, ALLORA QUESTO COLTELLACCIO FARÀ SENTIRE JEFF A CASA...
...E LA SUA ANIMA LO FARÀ APPARIRE QUI!
STOCK
HA FUNZIONATO ANCHE QUESTA VOLTA, RAGAZZI! NE ABBIAMO CATTURATO UN ALTRO.
NON AVEVO DUBBI. QUESTO RAGAZZACCIO HA AVUTO UN BRUTTO PASSATO, MA MEGLIO SE LO TENIAMO SOTTO STRETTA OSSERVAZIONE.
PERÒ QUEL COLTELLO...
LO SAI, AMICO, LE CELLE HANNO BISOGNO DI QUALCHE DETTAGLIO PER TENERE CALMI E A LORO AGIO ALCUNI DI QUESTI MOSTRI.
ESATTO, E DI SICURO J. NON È UNO CHE VOGLIAMO FAR ANDARE TROPPO SU DI GIRI...
...MEGLIO CHE SE NE STIA TRANQUILLO.
DI SICURO NON GLI MANCANO LE COSE A CUI PENSARE...

NONNACCIA

IDENTIKIT

- **FORMA:**
  donna caucasica

- **PROVENIENZA:**
  di certo non la casetta di zucchero nel bosco

- **SEGNI PARTICOLARI:**
  un grembiule rosso sangue

- **LIVELLO DI PERICOLO:**
  forza sovrumana

Questa non è la simpatica nonnina protagonista di un sacco di favole, fiabe e filastrocche. Non è nemmeno la tenera vecchina del quartiere che ha sempre un sorriso per tutti e, magari, un piccolo dolcetto per chi mostra particolare educazione nei suoi confronti. Dopotutto c'è un motivo, anzi più di uno a ben pensarci, se la chiamano Nonnaccia: ha un terribile caratteraccio!

È brutto quasi quanto il **grembiule pieno di macchie** che indossa da sempre. E il motivo per cui quel grembiule puzza così tanto è semplice: alcune delle macchie sono di **sangue putrescente**! Più terribile del suo carattere c'è solo il terrificante matterello che non perde mai di vista, il suo fidato attrezzo del terrore: **più efficace di un manganello, più robusto di tante mazze chiodate, più affidabile di una stampella per la vecchiaia**. Se per caso sentite un ritmato picchiettare passando vicino a casa sua, ascoltate questo consiglio: non-entrate-lì-dentro. Anzi, scappate alla velocità della luce blu. Nonnaccia non desidera nessuno nella sua proprietà né nel suo giardino, e neppure nelle vicinanze. Se volete stare proprio tranquilli, anzi, è meglio se non vi azzardate nemmeno a guardare in direzione di casa sua. Potrebbe capitarvi, se siete sfortunati, di incrociare attraverso una finestra il suo **sguardo nero come la notte** e vederla sparire. Siatene certi: è andata a prendere il matterello, sorridendo perché non vede l'ora di darvi un sonoro e robusto benvenuto sulla schiena...

UNA NOTTE COME TANTE NELLA BASE DI LYON!
AAAAAHHHHH!!!!!!
OK, FORSE NON È PROPRIO COME TUTTE LE ALTRE...
MA LA NOSTRA BASE NON È A PROVA DI TUTTO, E SOPRATTUTTO DI PARASSITI E BESTIACCE VARIE?!?
DOVREBBE ESSERLO!
!?!
KA-KLACK

SE UN CERTO GATTONE FIFONE RICORDASSE DI CHIUDERE TUTTE LE ENTRATE, ALEX!
BLAM
MA TI GIURO CHE AVEVO CHIUSO, A DOPPIA MANDATA!
MA QUALE MANDATA E MANDATA, MICA USIAMO CHIAVI E SERRATURE. È TUTTO ELETTRONICO QUI!
ESATTO! DATO CHE LE NOSTRE MISURE DI SICUREZZA SONO ELETTRONICHE, BISOGNA SEMPRE CONTROLLARE PIÙ VOLTE CHE NON SI BLOCCHINO, ALEX!
SARÒ PIÙ ATTENTO LA PROSSIMA VOLTA, SCUSATEMI!
TRANQUILLO, AMICO. ABBIAMO IL MODO PERFETTO PER FARTI PERDONARE DI QUESTA SVISTA. USANDO LA TUA VISTA DA GATTO!
ABBIAMO VISTO QUALCOSA CHE NON CI PIACE, IN UN PICCOLO BOSCO VICINO AL LAGO.
QUEL PICCOLO E INQUIETANTE BOSCO VICINO AL LAGO MISTERIOSO? DOBBIAMO PER FORZA INDAGARE?

ESATTO. DA QUEL POZZO SI ENTRA NELLA CELLA SOTTERRANEA DELLA NONNACCIA! E QUEI SEGNI IN-TORNO AL POZZO NON MI PIACCIONO PER NIENTE.
IL LAGO È POCO DISTANTE. DIREI CHE LA SOLUZIONE È UNA SOLA...
...ARMARCI E SCENDERE A CONTROLLARE!
LA VECCHIA RUGOSA È UN NEMICO DA NON SOTTO-VALUTARE. USA SOLO UN MATTERELLO MA...
...SAPPIAMO BENE CHE È QUASI INDISTRUTTIBILE. PER CUI PREFERISCO ABBONDARE CON LE MUNIZIONI!
COL FUCILE A GRAVITÀ POSSIAMO ANCHE BLOCCARLA DOVE VOGLIAMO.
E UNA SPADA DI TELEKILL NON SI SCARICA MAI, EH EH EH!
PERFETTO, DIREI CHE SIAMO PRONTI...
...PER ANDARE A VEDERE SE LA NONNINA-SBRANA-BAMBINI È ANCORA SOTTOTERRA OPPURE NO!

POCO DOPO, NEL BOSCO.
QUEI GRAFFI NON MI PIACCIONO PER NIENTE, AMICI!
HAI RAGIONE, ALEX...
...FORSE LA VECCHIA HA DAVVERO RIPRESO A RAPIRE I RAGAZZINI DELLA ZONA!
SIAMO QUI APPOSTA PER SCOPRIRLO, E POSSIAMO FARLO SOLO ANDANDO IN FONDO ALLA QUESTIONE.
GUARDATE QUEI VESTITI PER TERRA, SONO TAGLIE DA RAGAZZINI...
MALEDETTA BEFANA! ANDIAMO NELLA CELLA, E OCCHI APERTI, FORSE È QUI IN GIRO.
GLIP!
IHIHIHIHI
LA SENTITE ANCHE VOI!?!
SÌ, MI SI RIZZA IL PELO FINO ALLA CODA!
IHIHIHI
È ANCORA QUI!?! MA ALLORA, FORSE, NON STA CACCIANDO DI NUOVO.
INVECE TEMO PROPRIO DI SÌ, GUARDA LÀ, VICINO AL CAMINETTO...

HA RAPITO ALTRI RAGAZZI! ALLORA PUÒ USCIRE DA QUI QUANDO VUOLE. MA COM'È POSSIBILE?
NON LO SO, MA HO INTENZIONE DI FERMARLA UNA VOLTA PER TUTTE.
NO, ASPETTA, ABBIAMO BISOGNO DI UN PIANO!
OK, OK. HAI RAGIONE. CHE IDEA HAI?
TU E IO INDOSSIAMO I VISORI, COSÌ ALEX PUÒ GUARDARCI DA QUEL MONITOR.
OK, UN PO' COMODO PER IL FIFONE FELINO, MA HA SENSO: POTREBBE NOTARE DETTAGLI CHE CI SFUGGONO PER L'AGITAZIONE. VAI AVANTI.
APRIAMO UN PORTALE DA QUESTA PARTE, COSÌ SE RIMANIAMO CHIUSI DENTRO POSSIAMO USCIRE.
GENIALE! E UNA VOLTA DENTRO?
IO LA BLOCCO CON IL FUCILE A GRAVITÀ...
...E SE LEI FA LA FURBA IO LA PRENDO A FUCILATE. SEI UN GENIO, AMORE. CHE NE DICI, ALEX?
PIANO PERFETTO!
E ALLORA, ENTRIAMO E VEDIAMO DI FERMARE QUESTA...
WOSH

...NONNACCIA CANNIBALE! FERMA LÌ, NON FARE SCHERZI! ANNA, BLOCCALA CON IL FUCILE!
CI STO PROVANDO, MA...
...NON FUNZIONA!
OH, NO...
...CI HA TELEPORTATO CHISSÀ DOVE! ECCO COME FUGGE DALLA CELLA.
ESATTO, NON È PIÙ QUI! E GUARDATEVI INTORNO, QUELLA È...
...LA SUA CASA PIENA DI STANZE E TRABOCCHETTI!
SENTITE IL DETECTOR! LA SUA ANIMA È QUA VICINO!
CI SARÀ ANCHE LEI!?!
BEEP BEEP
BEEP

TIENE NASCOSTO IL TOKEN IN CASA, IL SEGNALE È PIÙ FORTE! DOBBIAMO RISCHIARE, ANNA.
OK, MA IO APRO UN PORTALE, NON MI FIDO DI QUESTA CATAPECCHIA!
WOSH
L'ANIMA È AL PIANO SUPERIORE, SENTI COME SUONA!
IL RUMORE ATTIRERÀ LA VECCHIARDA!
DAVO PER SCONTATO CHE LA CANUTA NONNA CANNIBALE...
...FOSSE GIÀ IN CASA, ANNA!
SALI SALI SALI, PER FORTUNA È MOLTO LENTA.
RAGAZ... NON RIESC... A SENTIRV...
...NON VED... NULL...
QUALCOSA NELLA CASA DISTURBA LE COMUNICAZIONI CON ALEX! PER FORTUNA IL DETECTOR FUNZIONA ANCORA!
ARGH!
CLACK

CI SERVE UNA CARD PER APRIRLA!
PROVIAMO IN QUELLE STANZE, LA VECCHIA VUOLE GIOCARE COME AL SOLITO!
MA LE REGOLE QUESTA VOLTA LE DECIDIAMO NOI. STAI LONTANA BEFANAZZA!
CRACK
ANNA! QUA È PIENO DI CASSETTI, CASSETTINI E CASSETTONI!
QUESTA È COMPLETAMENTE VUOTA!
ANN... GUARD... OPRA... NGOLO...
SOPRA?
...SATTAMENTE!
OH NO, NON DIRMI CHE DEVO INFILARE LE MANI LÌ!
...NTRAVEDO... CARD...

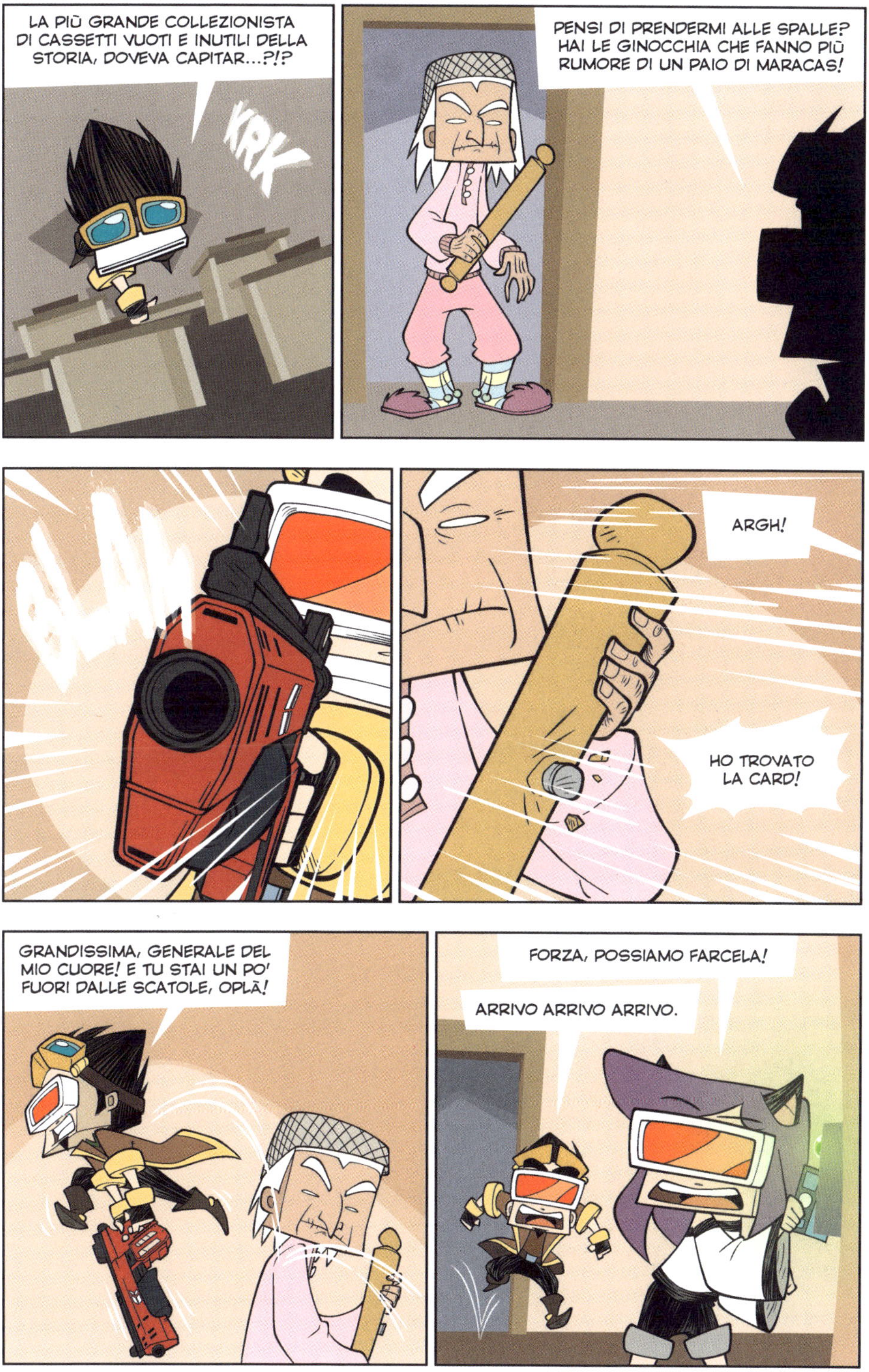
LA PIÙ GRANDE COLLEZIONISTA DI CASSETTI VUOTI E INUTILI DELLA STORIA, DOVEVA CAPITAR...?!?
KRK
PENSI DI PRENDERMI ALLE SPALLE? HAI LE GINOCCHIA CHE FANNO PIÙ RUMORE DI UN PAIO DI MARACAS!
ARGH!
HO TROVATO LA CARD!
GRANDISSIMA, GENERALE DEL MIO CUORE! E TU STAI UN PO' FUORI DALLE SCATOLE, OPLÀ!
FORZA, POSSIAMO FARCELA!
ARRIVO ARRIVO ARRIVO.

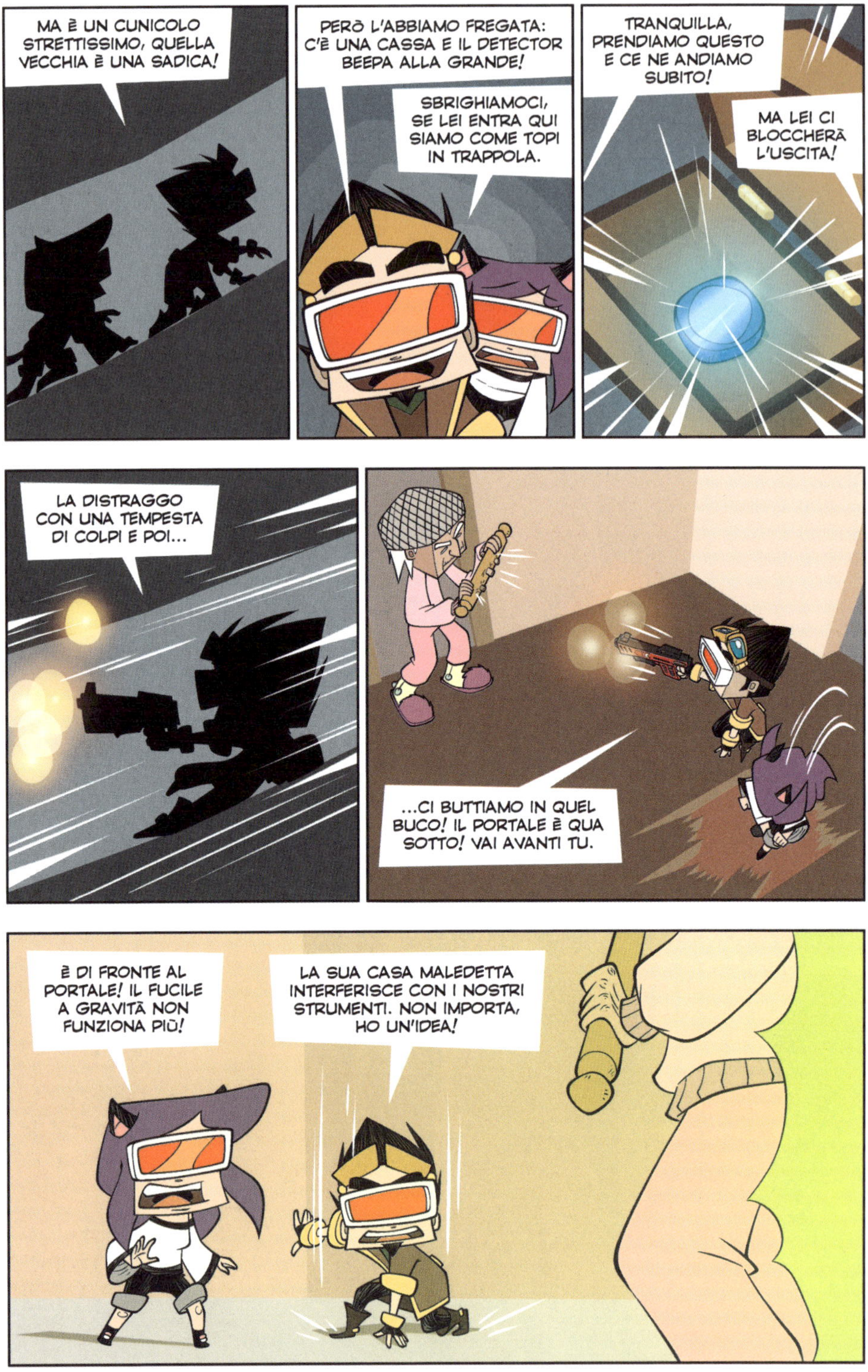
MA È UN CUNICOLO STRETTISSIMO, QUELLA VECCHIA È UNA SADICA!
PERÒ L'ABBIAMO FREGATA: C'È UNA CASSA E IL DETECTOR BEEPA ALLA GRANDE!
SBRIGHIAMOCI, SE LEI ENTRA QUI SIAMO COME TOPI IN TRAPPOLA.
TRANQUILLA, PRENDIAMO QUESTO E CE NE ANDIAMO SUBITO!
MA LEI CI BLOCCHERÀ L'USCITA!
LA DISTRAGGO CON UNA TEMPESTA DI COLPI E POI...
...CI BUTTIAMO IN QUEL BUCO! IL PORTALE È QUA SOTTO! VAI AVANTI TU.
È DI FRONTE AL PORTALE! IL FUCILE A GRAVITÀ NON FUNZIONA PIÙ!
LA SUA CASA MALEDETTA INTERFERISCE CON I NOSTRI STRUMENTI. NON IMPORTA, HO UN'IDEA!

TU CORRI VERSO IL PORTALE E PORTA QUESTO IN SALVO, IO L'ATTIRO! VIENI QUA, VECCHIA CIABATTA MANGIA-BAMBINI!
MA...
FIDATI E METTITI IN SALVO!
LA VITA È FATTA A SCALE, VECCHIA STREGA DI SECONDA CLASSE!
SBRANG
CCCCRRRRRAAAAAAAAAMBLE!
C'È CHI SCENDE...
...E CHI LE PIGLIA IN FACCIA!
SPERO BASTI A RALLENTARLA MA...
...MEGLIO SE NON ASPETTIAMO PER ESSERNE SICURI!
HAI RAGIONE!
ALLA BASE!

QUELLA È VECCHIA MA HA LA PELLE DURA COME IL CUOIO!
CE LA SIAMO CAVATA PER UN SOFFIO! MA NON VEDEVI NULLA, ALEX?
ABBASTANZA DA FARMI TROVARE LA CARD DIETRO LE RAGNATELE!
INCREDIBILE, ANCHE SE SEI FIFONE ED ERI AL SICURO, SEI STATO INDISPENSABILE!
ORA METTIAMO IL TOKEN NELLA SUA CELLA...
...ED ECCOLA QUA! SCUSA SE L'ARREDAMENTO È UN PO' SPARTANO, NONNETTA...
...MA SE FAI LA BRAVA TI COSTRUIAMO UN CAMINETTO. COSÌ MAGARI TI SCALDERAI LE OSSA PER IL RESTO DEI TUOI GIORNI!
TOC
TOC
TOC
TOC

LUNA CRUDELE ED ELFO MALVAGIO

IDENTIKIT

✗ **FORMA:**
satellite con occhi e umanoide
con orecchie a punta

✗ **PROVENIENZA:**
il cielo stellato e il bosco incantato

✗ **SEGNI PARTICOLARI:**
lei pietrifica con la luce,
lui annega con l'ipnosi

✗ **LIVELLO DI PERICOLO:**
quando sono alleati sono letali

Girovagando nei boschi più oscuri e sconosciuti, quelli in cui ogni ramoscello che si spezza fa battere un pochino il cuore, potreste scorgere tra i rami e i cespugli due **occhi rossi come il sangue**. Subito sotto quegli occhietti c'è **un sorriso sottile e inquietante**, che si allarga verso **due orecchie a punta** pronte ad ascoltare ogni vostro movimento e sospiro. Non importa se non fiatate e rimanete fermi, Elfo Malvagio riuscirà a capire dove siete e farà di tutto per attirarvi nelle sue **trappole senza scampo**. O ancora meglio, tenterà il suo tranello più collaudato: convincervi a fare un tuffo rilassante in uno dei suoi laghetti preferiti. Un bagno così riposante da togliervi la voglia di uscire dall'acqua per sempre! E se sperate che la luce della luna possa aiutarvi a trovare una via di fuga o un passaggio sicuro, guardate in cielo. Quei due grandi occhi fissi e cattivi che solcano il buio sono quelli di Luna Crudele, l'alleata di Elfo che tutto illumina con la sua pallida luce di pietra. Ma non vi aiuterà a vederci chiaro. Al contrario, anche se non ha la bocca, Luna Crudele sembra quasi ridere di voi, perché sa benissimo che i suoi **pallidi raggi** possono trasformarvi in statue...

LYON
PER I MIEI GUSTI, ABBIAMO DOVUTO SCHIVARE TROPPI CADAVERI PER ARRIVARE A NUOTO IN QUESTA CELLA. E TEMO DI AVER CAPITO CHI È RINCHIUSO DA QUESTE PARTI, RAGAZZI.
PENSI SIA LUI?
OH, NO...
OH, SÌ, INVECE. DIREI CHE NON C'È DUBBIO. DOBBIAMO VEDERCELA PROPRIO CON...

...L'ELFACCIO OSCURO! IL SUO METODO DI CACCIA PREVEDE L'ATTIRARE LE VITTIME PRESSO FIUMI, LAGHI E ALTRI POSTI ACQUOSI DOVE POTERLE ANNEGARE.
A GIUDICARE DA QUEI CADAVERI HA RICOMINCIATO AD ALLENARSI...
...E MI SEMBRA VOGLIA BATTERE IL SUO RECORD DI ANNEGATI!
QUEL SORRISO METTE I BRIVIDI, MA NON DOBBIAMO FARCI INTIMIDIRE, TEAM! SONO SICURO CHE POSSIAMO SCONFIGGERLO.
TENIAMOCI PRONTI, TENTERÀ DI SFONDARE IL VETRO PER ATTACCARCI!
!?!
SPLASH
PERCHÉ NON CI HA ATTACCATO MA SI È BUTTATO IN ACQUA?!?
PERCHÉ È IL SUO ELEMENTO NATURALE, CICO, IL SUO TERRITORIO DI CACCIA PREFERITO.
ESATTO. IN PRATICA IL BRUTTONE CON LE ORECCHIE A PUNTA CI STA SFIDANDO. MA SE È UNA SFIDA CHE VUOLE...
...HA TROVATO PANE PER I SUOI DENTI AGUZZI. DICO BENE, RAGAZZI?
CERTO, AMORE. CICO, TU SEGUICI ATTRAVERSO I VISORI, NOI ENTRIAMO E CERCHIAMO DI FERMARLO UNA VOLTA PER TUTTE!
CAPITO, BOSS. INTANTO APRO UN PORTALE PER DARVI UNA VIA DI FUGA, SE LE COSE SI METTESSERO MALE!
BLIP

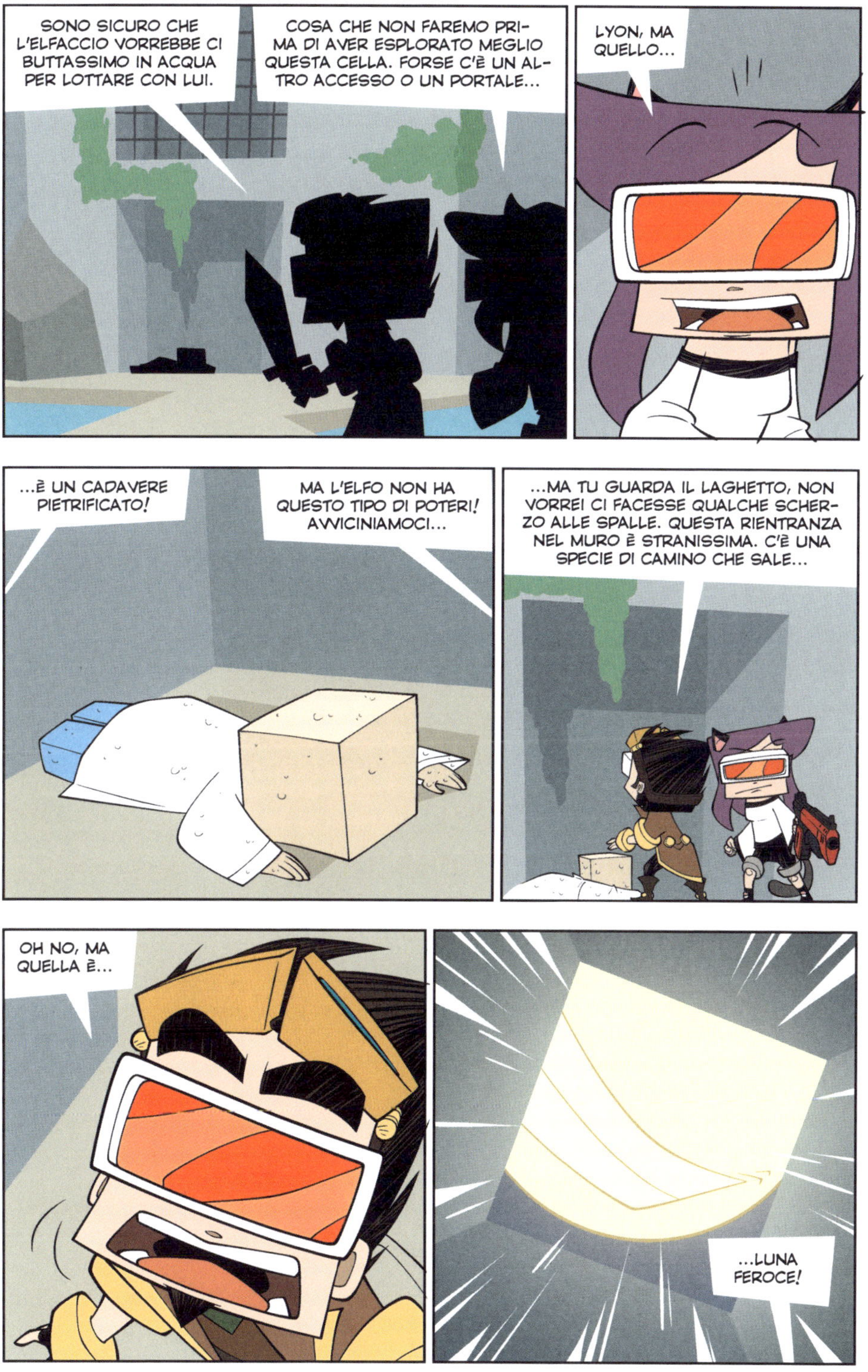

SONO SICURO CHE L'ELFACCIO VORREBBE CI BUTTASSIMO IN ACQUA PER LOTTARE CON LUI.
COSA CHE NON FAREMO PRIMA DI AVER ESPLORATO MEGLIO QUESTA CELLA. FORSE C'È UN ALTRO ACCESSO O UN PORTALE...
LYON, MA QUELLO...
...È UN CADAVERE PIETRIFICATO!
MA L'ELFO NON HA QUESTO TIPO DI POTERI! AVVICINIAMOCI...
...MA TU GUARDA IL LAGHETTO, NON VORREI CI FACESSE QUALCHE SCHERZO ALLE SPALLE. QUESTA RIENTRANZA NEL MURO È STRANISSIMA. C'È UNA SPECIE DI CAMINO CHE SALE...
OH NO, MA QUELLA È...
...LUNA FEROCE!

MA LA LUNA DEL NOSTRO MONDO NON DOVREBBE ESSER QUELLA! CHE COSA STA SUCCEDENDO?!?
NON LO SO, ANNA, MA NON MI PIACE PER NIENTE. LUNA FEROCE SIGNIFICA SOLO COSE BRUTTE E MINACCE IMPREVEDIBILI!
RAGAZZI, HO NOTATO UNA COSA NEL LAGHETTO!
SUL FONDO DEL LAGHETTO C'È UN PORTALE!
MA C'È ANCHE L'ELFACCIO, CICO!
AVETE RAGIONE TUTTI E DUE, AMICI.
MA SE VOGLIAMO ANDARE A FONDO DEL PROBLEMA...
...ALLORA ANDIAMOCI LETTERALMENTE!
LYON!
IO MI INFILO NEL PORTALE E TU SEGUIMI, POSSIAMO FARCELA!
O ALMENO LO SPERO!
SENTO PUZZA DI TRAPPOLA, MA...
...DOBBIAMO TROVARE L'ANIMA DELL'ELFACCIO...

...OPPURE DI LUNA FEROCE!
HA FUNZIONATO! SIAMO ARRIVATI NELLA LORO CITTÀ, MA È IN PREDA A UN INCENDIO DISASTROSO, RISCHIA DI CROLLARE TUTTO!
O FORSE NO... GUARDA MEGLIO LE STRUTTURE.
LE FIAMME SONO VERE, SENTI CHE CALDO INSOPPORTABILE, MA IL LEGNO NON STA BRUCIANDO. COM'È POSSIBILE!?!
FORSE SIAMO IN UNA DIMENSIONE DIVERSA, DOVE L'ELFACCIO E LUNA FEROCE VIVONO NORMALMENTE.
QUESTO VUOL DIRE CHE DOBBIAMO TENERE GLI OCCHI ESTREMAMENTE APERTI. I LORO POTERI QUI SARANNO PIÙ FORTI CHE MAI.
RAGAZZI, GUARDATEVI LE MANI!

SI STANNO PIETRIFICANDO! NON CAPISCO COME SIA POSSIBILE!
PIETRIFICANDO... COME QUEL CADAVERE NELLA CELLA, QUELLO SOTTO IL CAMINO.
SOTTO IL CAMINO IN CIMA A CUI SI TROVAVA...
...LUNA FEROCE! MA ALLORA LA SUA LUCE LUNARE PIETRIFICA LE PERSONE!
TUTTE QUELLE STATUE ALLORA SONO CADAVERI?!?
RAGAZZI, NASCONDETEVI ALL'OMBRA, SUBITO!
INFILIAMOCI QUA DENTRO!
QUI C'È TROPPO FUOCO, SALIAMO! FORSE TROVIAMO UNA STANZA IN CUI RAGIONARE CON CALMA.
SPERANDO DI NON TROVARCI L'ELFACCIO...

FORSE È QUASI PIÙ IN FIAMME CHE IL PIANTERRENO!
PERÒ GUARDA LÌ, QUELL'OROLOGIO È SOSPETTOSAMENTE NON TOCCATO DALLE FIAMME!
SEGNA QUASI MEZZANOTTE: INFATTI LUNA FEROCE È IN ALTO, ALL'APICE DEL SUO PERCORSO NEL CIELO.
VUOI DIRE CHE, FORSE, CAMBIANDO L'ORARIO, RIUSCIAMO A FARLA SPARIRE?
POSSIAMO SOLO PROVARE E... SPERARE!
CLACK
FUNZIONA! LUNA È SPARITA E IL CIELO È AZZURRO COME FOSSE GIOR...
...NO, COME NON DETTO, È TORNATA E GHIGNA COME PRIMA!
ASPETTA UN ATTIMO, SE L'OROLOGIO IN QUALCHE MODO FUNZIONA, FORSE DOBBIAMO USARLO CON UN OROLOGIO PIÙ GRANDE!
PIÙ GRANDE? ANNA, MA CHE DICI?!?
VIENI QUA, SUL TERRAZZO!

GRANDE COME LA TORRE DELL'OROLOGIO!
OK, CAPISCO COSA VUOI PROVARE. IDEA AZZARDATA, CERTO, MA SENZA MOSSE AZZARDATE AVREMMO FATTO UNA BRUTTA FINE MOLTO SPESSO.
CALIAMOCI DALLA GRONDAIA PER FARE PRIMA E ANDIAMO ALLA TORRE.
OCCHIO ALLE FIAMME, GLI EDIFICI SONO INTATTI MA NON VOGLIO CONTROLLARE SE NOI SIAMO A PROVA DI SCOTTATURA!
LE FIAMME MAGARI CI SCOTTANO, MA NON VOGLIO CHE A RINFRESCARMI SIA LUI, ANNA!
VUOLE CHE CI BUTTIAMO IN ACQUA. O CI STA INDICANDO QUALCOSA? QUASI MI VIENE VOGLIA DI RINFRESCARMI...
IO MI TENGO IL DUBBIO E TIRO DRITTO VERSO LA TORRE DELL'OROLOGIO. E TU VERRAI CON ME.
HAI RAGIONE, È COME SE CERCASSE DI ATTIRARCI E AMMALIARCI! MA NON DOBBIAMO CEDERE!
ECCO LA PORTA, MA SERVE UN CODICE PER APRIRLA!

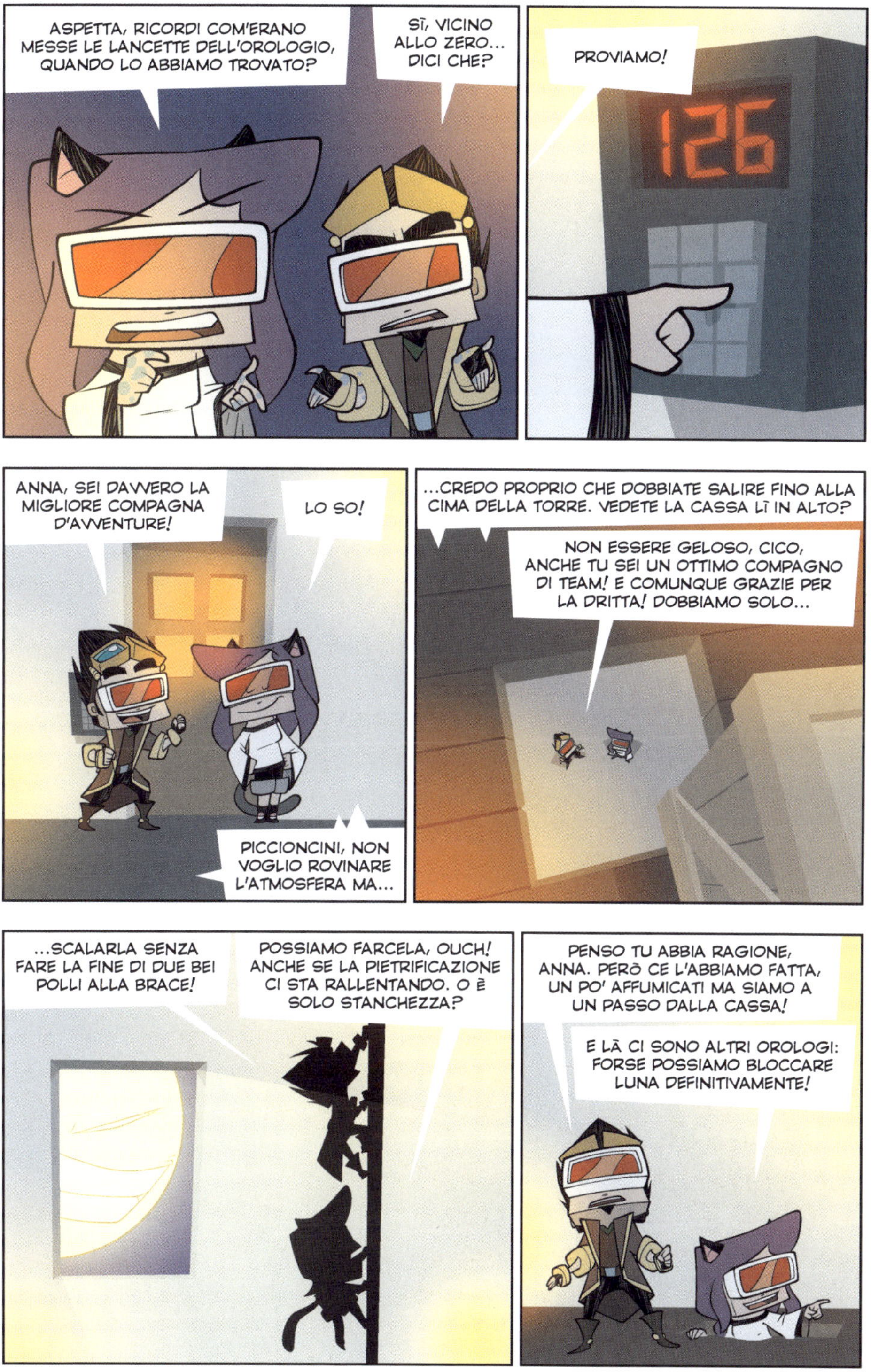
ASPETTA, RICORDI COM'ERANO MESSE LE LANCETTE DELL'OROLOGIO, QUANDO LO ABBIAMO TROVATO?
SÌ, VICINO ALLO ZERO... DICI CHE?
PROVIAMO!
126
ANNA, SEI DAVVERO LA MIGLIORE COMPAGNA D'AVVENTURE!
LO SO!
PICCIONCINI, NON VOGLIO ROVINARE L'ATMOSFERA MA...
...CREDO PROPRIO CHE DOBBIATE SALIRE FINO ALLA CIMA DELLA TORRE. VEDETE LA CASSA LÌ IN ALTO?
NON ESSERE GELOSO, CICO, ANCHE TU SEI UN OTTIMO COMPAGNO DI TEAM! E COMUNQUE GRAZIE PER LA DRITTA! DOBBIAMO SOLO...
...SCALARLA SENZA FARE LA FINE DI DUE BEI POLLI ALLA BRACE!
POSSIAMO FARCELA, OUCH! ANCHE SE LA PIETRIFICAZIONE CI STA RALLENTANDO. O È SOLO STANCHEZZA?
PENSO TU ABBIA RAGIONE, ANNA. PERÒ CE L'ABBIAMO FATTA, UN PO' AFFUMICATI MA SIAMO A UN PASSO DALLA CASSA!
E LÀ CI SONO ALTRI OROLOGI: FORSE POSSIAMO BLOCCARE LUNA DEFINITIVAMENTE!

BLAM
IO PENSO AL TOKEN DI LUNA, TU STUDIA GLI OROLOGI!
LÌ CE NE SONO TRE, MA QUEL BUCO VUOTO MI PARE CHE SIA PROPRIO...
...FATTO APPOSTA PER QUESTO!
ORA PROVIAMO DI NUOVO A METTERE LE LANCETTE SUL MEZZOGIORNO.
CLACK
CLACK
CLACK
CLACK
CLACK
È SPARITA, E QUESTA VOLTA SPERO PER ABBASTANZA TEMPO DA FARCI SCAPPARE!
IO, NEL DUBBIO, NON ASPETTEREI TROPPO. SCENDIAMO E NON FACCIAMOCI PRENDERE DALL'ELFACCIO!

CI PUOI SCOMMETTERE! E ORA NON SIAMO NEPPURE PIÙ PIETRIFICATI, POSSIAMO CORRERE PIÙ VELOCI DI UNA LEPRE CHE SCAPPA DAL CACC...
LYON!
...ARGH!
THUD
NON PENSERAI DI FREGARMI CON COSÌ POCO, VERO?
THUD
BLBLBLBLBL
CICO, STIAMO TORNANDO! NON C'È UN SECONDO DA PERDERE.
CI VEDIAMO ALLA NOSTRA BASE, DOBBIAMO PENSARE A...

...COSTRUIRE UNA CELLA SPECIALE PER LEI! SPERANDO FUNZIONI!
CHE VI DICEVO? APPENA MESSO IL TOKEN È APPARSA E CI STA DENTRO ALLA PERFEZIONE!
SPERANDO CHE LE SBARRE REGGANO. ANZI, SPERANDO CHE NON ARRIVI L'ELFACCIO A FARLA SCAPPARE!
DEVE SOLO PROVARCI, CICO. DA QUESTA BASE NESSUNO ENTRA E NESSUNO ESCE SENZA CHE LO DECIDIAMO NOI. FORZA, ANDIAMO A CACCIA DI ALTRI BRUTTONI DA METTERE AL SICURO. QUESTO MONDO SENZA FINE BRULICA DI SFIDE. SIETE CON ME?
SEMPRE!

PAGLIACCIO

IDENTIKIT

- **FORMA:**
  uomo mascherato,
  ma solo all'apparenza

- **PROVENIENZA:**
  sconosciuta,
  ma gli piacciono le fogne

- **SEGNI PARTICOLARI:**
  cambia forma
  e sfodera zanne e tentacoli

- **LIVELLO DI PERICOLO:**
  da incubo senza risveglio

Ma i pagliacci piacciono davvero a qualcuno? Sì, qualcuno che apprezza il loro **sorriso simile a un ghigno feroce** o i loro occhi così **grandi** da sembrare sul punto di strappare la pelle delle guance per rivelarne il teschio, ci sarà. Magari a qualcuno piace anche la loro **pelle** tanto **bianca** da sembrare fatta della stessa sostanza di cui sono fatti i fantasmi. Forse. Di sicuro, però, chi apprezza i pagliacci delle feste e dei circhi non ha mai incontrato Pagliaccio! Sì, è vero, quando lo si vede per la prima volta sembra proprio un clown sorridente e col **trucco colorato** come ce ne sono tanti. Ma dietro quel trucco, anzi, dentro quel trucco, si nasconde una creatura che muta forma secondo il proprio desiderio. È piena di **zanne, tentacoli, artigli e arti pelosi** che vogliono solo agguantare e divorare chi è così ingenuo da credere che ai pagliacci piaccia far ridere le persone. A Pagliaccio, infatti, piace sentire solo le proprie risate, quelle che sembrano provenire da un **animale infernale** mentre insegue le sue vittime che urlano di terrore!

POCO DISTANTE DALLA BASE DI LYON, QUALCOSA DI BRUTTO FLUTTUA NELL'ARIA...
LI HO VISTI DURANTE UN GIRO DI RICOGNIZIONE, E VI HO CHIAMATI SUBITO!
HAI FATTO BENISSIMO, CICO! LI RICONOSCEREI TRA MIGLIAIA QUESTI PALLONCINI, TRASUDANO MALVAGITÀ.
TEMO PROPRIO CHE IL PAGLIACCIO SIA USCITO DALLA SUA CELLA SOTTERRANEA.
DOBBIAMO TORNARE ALLA BASE E ARMARCI, RAGAZZI! ABBIAMO SOLO UN FUCILE PER I PORTALI E IL FUCILE A POMPA!
E IO AVEVO PRESO SOLO IL PICCONE. ANDARE A RIFORNIRSI MI SEMBRA UN'OTTIMA IDEA!
NON C'È TEMPO DA PERDERE, CI FAREMO BASTARE IL FUCILE A POMPA E IL TUO FUCILE PER I PORTALI, ANNA. SE QUESTO SCAPPA, SONO DOLORI PER TUTTI I BAMBINI DELLA ZONA! SEGUITEMI.
GIUSTO, DOBBIAMO ASSICURARCI CHE SIA ANCORA QUI. SPERANDO NON ABBIA RAPITO QUALCUNO.
NON FASCIAMOCI LA CAPOCCIA PRIMA DELLA BOTTA, ANNA.
ANCHE SE FORSE DOBBIAMO PREPARARCI AL PEGGIO...

OH NO! HA DAVVERO RIPRESO A CACCIARE! PERÒ NON CAPISCO...
...È ANCORA NELLA SUA CELLA. COME HA FATTO A USCIRE DA QUI!?!
ASPETTA, DIETRO DI LUI, ALLA BASE DEL MURO! SEMBRA CHE...
...ABBIA COSTRUITO UN PORTALE/ACCESSO ALLE FOGNE!
MALEDETTO PAGLIACCIO! ORA TI FACCIAMO PASSARE LA VOGLIA...
...DI RIDERE!
ASPETTA, ABBIAMO BISOGNO DI UN PIANO!
IHIHIHIIH

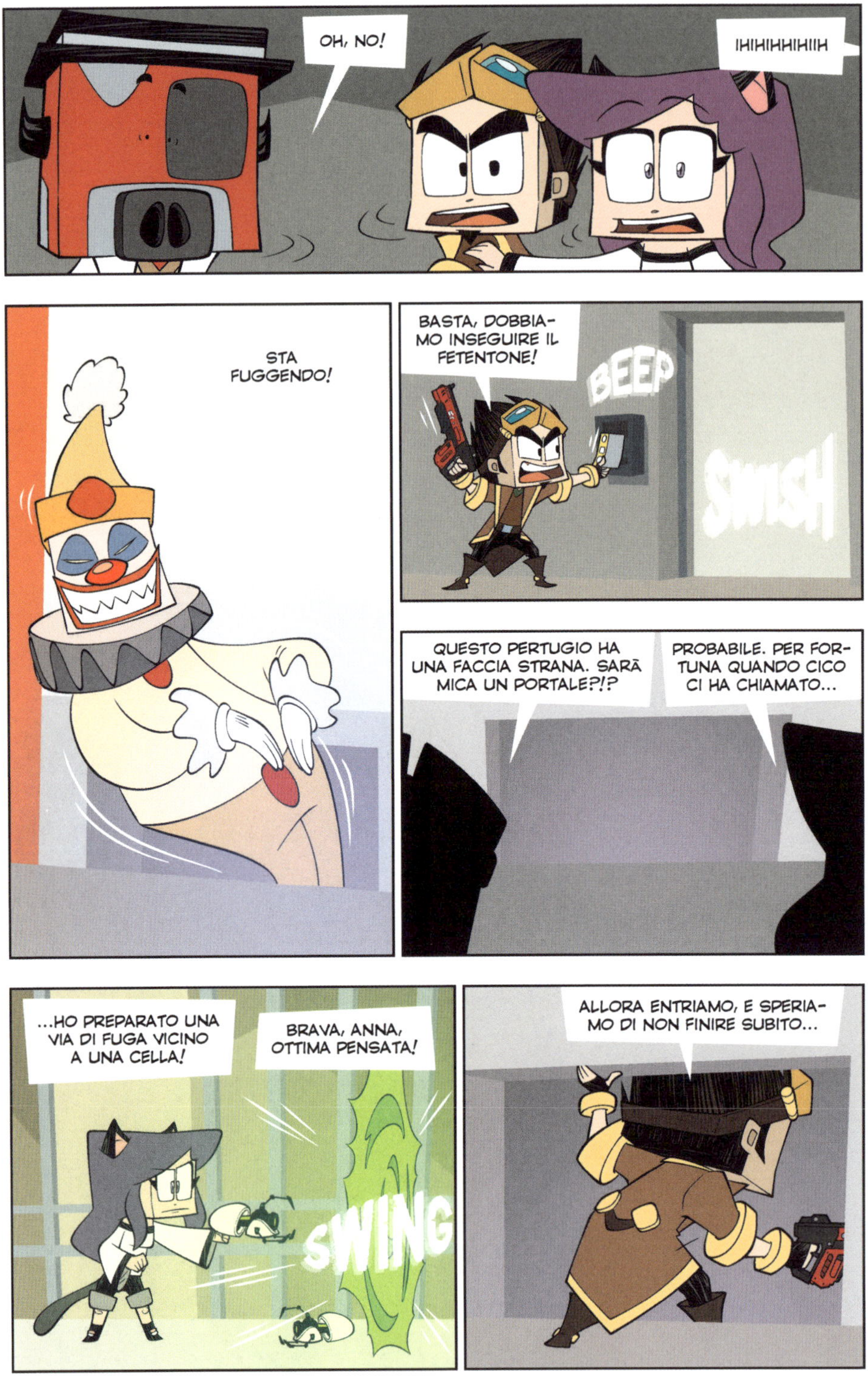
OH, NO!
IHIHIHHIHIIH
STA FUGGENDO!
BASTA, DOBBIAMO INSEGUIRE IL FETENTONE!
BEEP
SWISH
QUESTO PERTUGIO HA UNA FACCIA STRANA. SARÀ MICA UN PORTALE?!?
PROBABILE. PER FORTUNA QUANDO CICO CI HA CHIAMATO...
...HO PREPARATO UNA VIA DI FUGA VICINO A UNA CELLA!
BRAVA, ANNA, OTTIMA PENSATA!
SWING
ALLORA ENTRIAMO, E SPERIAMO DI NON FINIRE SUBITO...

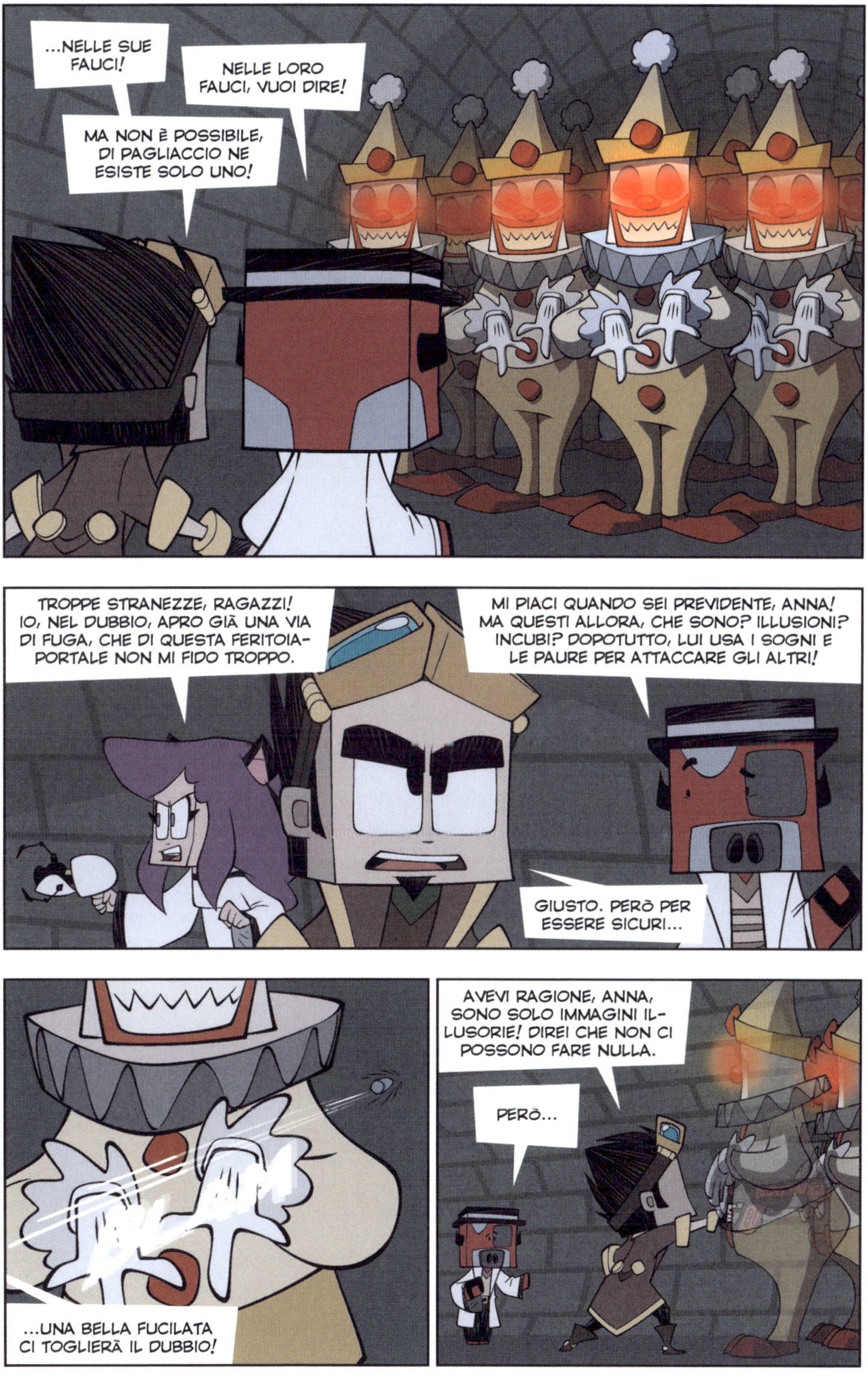
...NELLE SUE FAUCI!
NELLE LORO FAUCI, VUOI DIRE!
MA NON È POSSIBILE, DI PAGLIACCIO NE ESISTE SOLO UNO!
TROPPE STRANEZZE, RAGAZZI! IO, NEL DUBBIO, APRO GIÀ UNA VIA DI FUGA, CHE DI QUESTA FERITOIA-PORTALE NON MI FIDO TROPPO.
MI PIACI QUANDO SEI PREVIDENTE, ANNA! MA QUESTI ALLORA, CHE SONO? ILLUSIONI? INCUBI? DOPOTUTTO, LUI USA I SOGNI E LE PAURE PER ATTACCARE GLI ALTRI!
GIUSTO. PERÒ PER ESSERE SICURI...
...UNA BELLA FUCILATA CI TOGLIERÀ IL DUBBIO!
AVEVI RAGIONE, ANNA, SONO SOLO IMMAGINI ILLUSORIE! DIREI CHE NON CI POSSONO FARE NULLA.
PERÒ...

PERÒ?
CHI CI DICE CHE TRA DI LORO NON CI SIA QUELLO VERO CHE FINGE DI ESSERE UN'ILLUSIONE? FORSE VUOLE SOLO DISTRARCI PER ATTACCARCI INDISTURBATO.
BRAVO, CICO, OTTIMA OSSERVAZIONE. COME SEMPRE: OCCHI E ORECCHIE APERTI!
A PROPOSITO DI ORECCHIE, IL DETECTOR CAPTA QUALCOSA...
BEEP BEEP
ESATTO, DA QUESTA PARTE IL SEGNALE È PIÙ FORTE. ARMI PRONTE, MI RACCOMANDO.
CI PUOI SCOMMETTERE GLI OCCHIALONI, AMICO.
LOCALE POMPE IDRAULICHE
IN QUESTA SALA SI CONTROLLA IL LIVELLO D'ACQUA DELLE FOGNATURE!
PER LA MANUTENZIONE E LA PULIZIA: POSSONO ALZARE IL LIVELLO PER ELIMINARE EVENTUALI BLOCCHI E RESIDUI.
DALL'ODORE CHE SENTO, PERÒ, DIREI CHE È PARECCHIO CHE NON DANNO UNA BELLA "STURATA" A QUESTI SPAZI.

FORSE È ABBANDONATA DA TEMPO, CICO. GUARDA I MACCHINARI, SONO PIENI DI RUGGINE.
CI CREDO CHE NESSUNO VUOLE ENTRARCI, GUARDATE LÀ!
QUELLA NON È DI SICURO UNA VISIONE!
GURGLEGLGLGLGL
E QUESTI PROIETTILI NON SONO DEI SOGNI!
BLAM BLAM BLAM
OH, NO...
...LE FUCILATE NON GLI FANNO NULLA!
DOVEVAMO ARMARCI DI PIÙ!
NON È TEMPO DI CRITICARE, CICO! SEGUIAMO IL SEGNALE DEL DETECTOR PER TROVARE LA SUA ANIMA!

DA QUESTA PARTE, IL SEGNALE È PIÙ FORTE!
BEEP
BEEP
BEEP
BEEP
BEEP
BEEP
DI LÀ, VERSO QUELLA PORTA!
SEMPRE PORTE IN CUI INFILARSI SENZA SAPERE SE CI SONO USCITE!
TANTO ABBIAMO IL FUCILE PER I PORTALI, CICO!
LASSÙ! CI SIAMO QUASI!

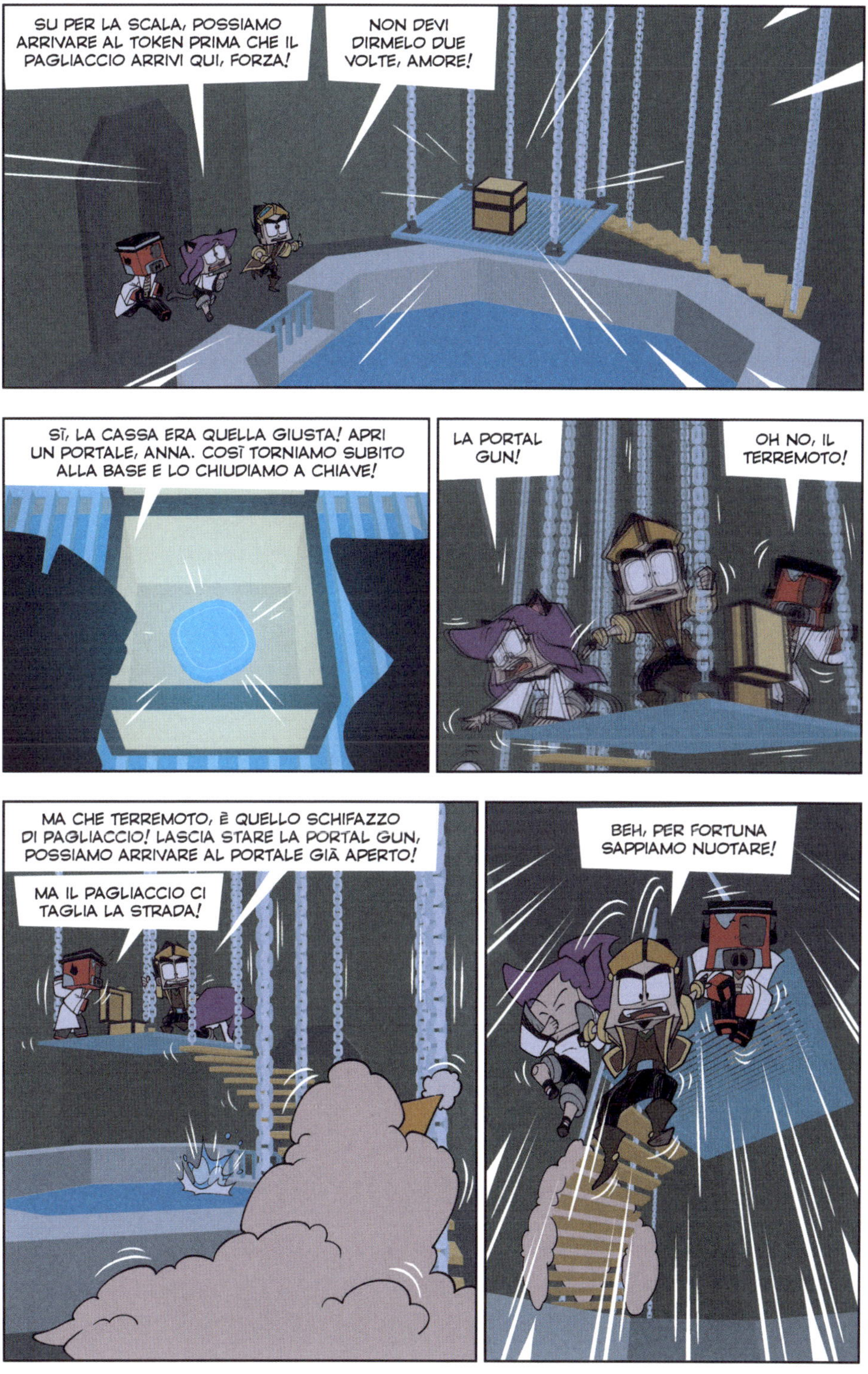
SU PER LA SCALA, POSSIAMO ARRIVARE AL TOKEN PRIMA CHE IL PAGLIACCIO ARRIVI QUI, FORZA!
NON DEVI DIRMELO DUE VOLTE, AMORE!
SÌ, LA CASSA ERA QUELLA GIUSTA! APRI UN PORTALE, ANNA. COSÌ TORNIAMO SUBITO ALLA BASE E LO CHIUDIAMO A CHIAVE!
LA PORTAL GUN!
OH NO, IL TERREMOTO!
MA CHE TERREMOTO, È QUELLO SCHIFAZZO DI PAGLIACCIO! LASCIA STARE LA PORTAL GUN, POSSIAMO ARRIVARE AL PORTALE GIÀ APERTO!
MA IL PAGLIACCIO CI TAGLIA LA STRADA!
BEH, PER FORTUNA SAPPIAMO NUOTARE!

PLUFF
MUOVITI, CICO, SI STA PER TUFFARE PURE LUI!
SPUT! ARRI-VO! SPUT!
VIA, VERSO IL PORTALE. DOBBIAMO ANDARE DI LÀ!
PER FORTUNA È ABBASTANZA LENTO, POSSIAMO FARCELA!
SPLASH
OH, NO!
ORA È PIENO DI ZAMPE E CORRE VELOCE!
PERÒ MAGARI NON È BRAVO A NUOTARE!
COSA?!?
OCALE
POMPE
RAULICHE
HO UN'IDEA!

UN COLPO DA CECCHINO, SE POSSO FARMI I COMPLIMENTI DA SOLO!
CRACK
FIZZLE
FIZZLE
BLBLBLBLBL
VVVRRRRRR
L'ACQUA S'ALZERÀ DI BOTTO, LYON!
RISCHIAMO DI ANNEGARE!
LO SO!
MA LA MAREA SI ALZERÀ ALLE NOSTRE SPALLE...
...PER CUI ARRIVERÀ PRIMA AL RAGNACCIO SCHIFOSO, RALLENTANDOLO!
SPERIAMO!
GRRAAARGGG!!!

GRRA?
GRAAAAR!
CORRETE CORRETE CORRETE!
GRAAAAARRR!!!
NUOTATE NUOTATE NUOTATE!
GRAAARBLBLBLB!
FORZA, SALTATE SALTATE SALTATE!
ARRIVO ARRIVO ARRIVO!
NONCHIUDERE-NONCHIUDERE-NONCHIUDERE!
BLBLBLBL

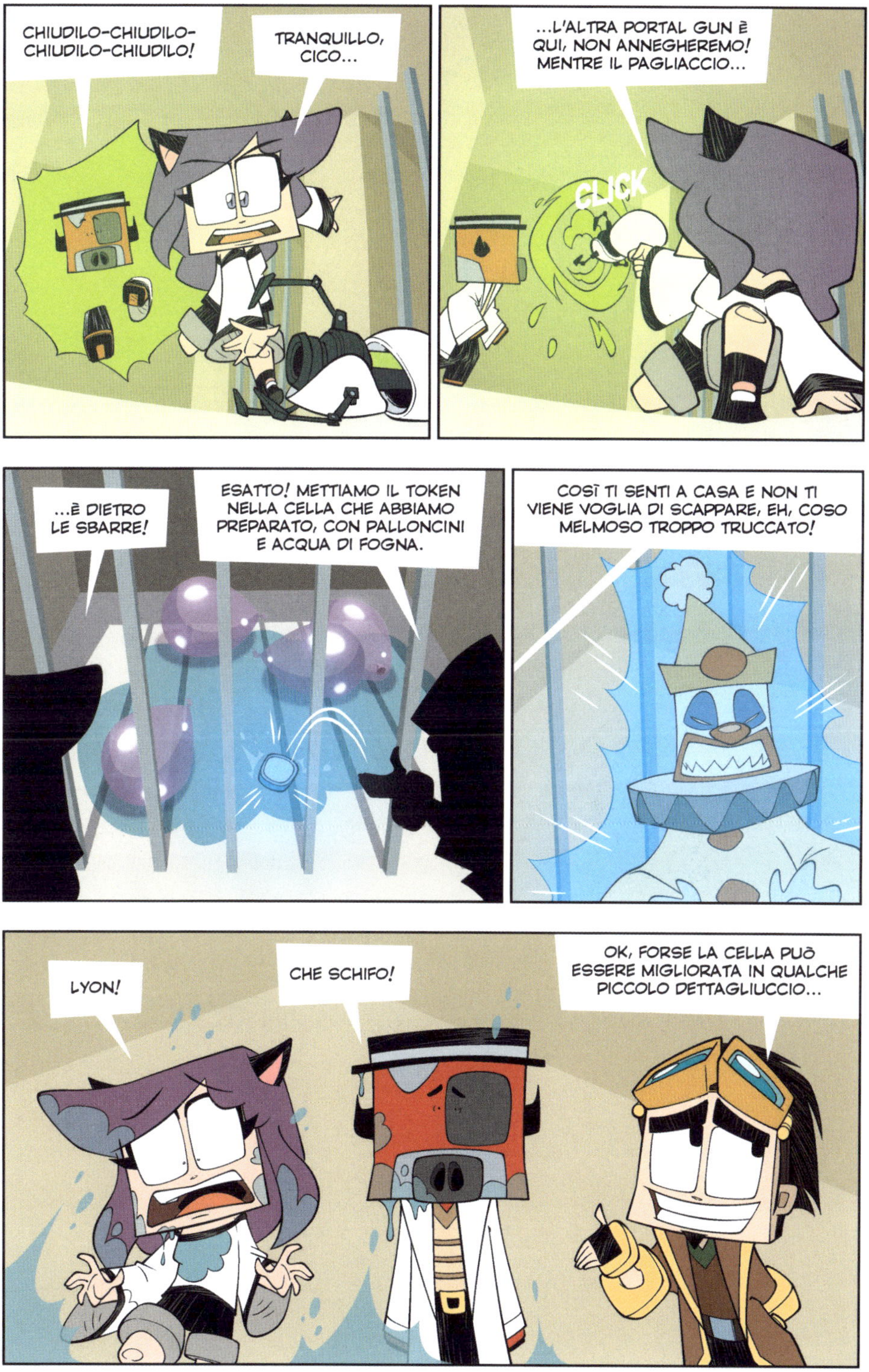
CHIUDILO-CHIUDILO-
CHIUDILO-CHIUDILO!
TRANQUILLO, CICO...
...L'ALTRA PORTAL GUN È QUI, NON ANNEGHEREMO! MENTRE IL PAGLIACCIO...
CLICK
...È DIETRO LE SBARRE!
ESATTO! METTIAMO IL TOKEN NELLA CELLA CHE ABBIAMO PREPARATO, CON PALLONCINI E ACQUA DI FOGNA.
COSÌ TI SENTI A CASA E NON TI VIENE VOGLIA DI SCAPPARE, EH, COSO MELMOSO TROPPO TRUCCATO!
LYON!
CHE SCHIFO!
OK, FORSE LA CELLA PUÒ ESSERE MIGLIORATA IN QUALCHE PICCOLO DETTAGLIUCCIO...

RAGAZZA DEMONE

IDENTIKIT

- **FORMA:**
  ragazza umanoide

- **PROVENIENZA:**
  un cuore infernale

- **SEGNI PARTICOLARI:**
  urla che paralizzano

- **LIVELLO DI PERICOLO:**
  estremo

Guardando quelle **macchie rosse come ruggine** sulle pareti, potreste credere che qualcuno abbia fatto un pessimo lavoro nel dipingerle. Oppure che i corridoi in cui vi trovate siano abbandonati da così tanto tempo che la vernice si sta scrostando. Però c'è qualcosa che vi colpisce, una volta che vi avvicinate di più: le macchie non si stanno staccando, si muovono! Si sollevano e si abbassano, pulsando come un cuore che batte. **Un cuore pieno di malvagità** che ha dato vita a lei: la Ragazza Demone! Ha **capelli lunghi e neri come la pece**, scuri come il buio di un cielo senza luna e senza stelle. Sono densi come un buco nero in cui si può perdere la ragione. La chioma le copre il viso lasciando intravedere un inquietante occhio nero. E forse è meglio così... Perché quando la Ragazza Demone mostra i suoi **occhi allungati come quelli di una volpe infernale** e il suo **sorriso con troppi denti per essere umano**, il cuore che inizia a pulsare è il vostro! E i battiti aumentano quando incomincia a muoversi verso di voi, urlando e poi avvicinandosi ancora, anche se scappate a gambe levate.

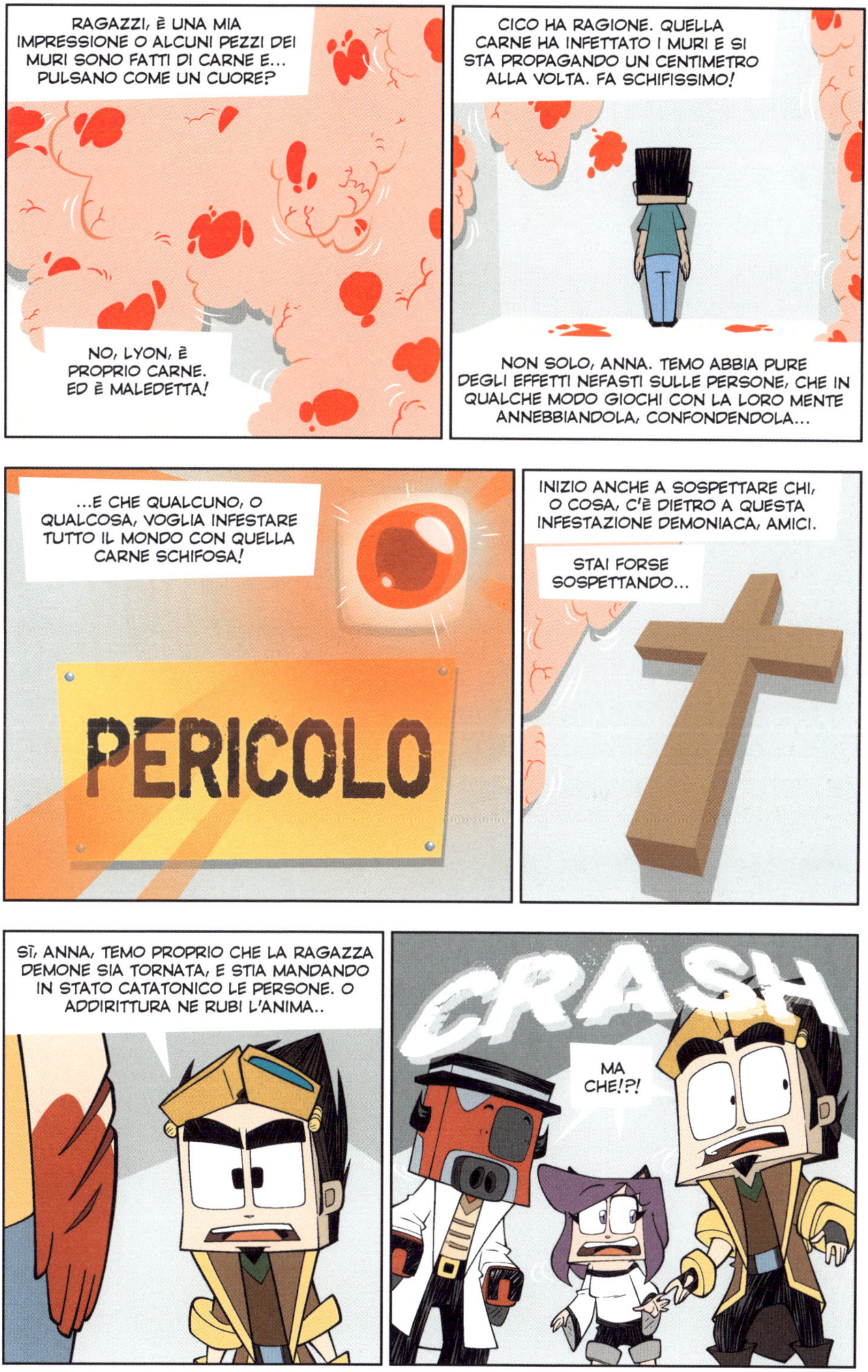
RAGAZZI, È UNA MIA IMPRESSIONE O ALCUNI PEZZI DEI MURI SONO FATTI DI CARNE E... PULSANO COME UN CUORE?
NO, LYON, È PROPRIO CARNE. ED È MALEDETTA!
CICO HA RAGIONE. QUELLA CARNE HA INFETTATO I MURI E SI STA PROPAGANDO UN CENTIMETRO ALLA VOLTA. FA SCHIFISSIMO!
NON SOLO, ANNA. TEMO ABBIA PURE DEGLI EFFETTI NEFASTI SULLE PERSONE, CHE IN QUALCHE MODO GIOCHI CON LA LORO MENTE ANNEBBIANDOLA, CONFONDENDOLA...
...E CHE QUALCUNO, O QUALCOSA, VOGLIA INFESTARE TUTTO IL MONDO CON QUELLA CARNE SCHIFOSA!
PERICOLO
INIZIO ANCHE A SOSPETTARE CHI, O COSA, C'È DIETRO A QUESTA INFESTAZIONE DEMONIACA, AMICI.
STAI FORSE SOSPETTANDO...
SÌ, ANNA, TEMO PROPRIO CHE LA RAGAZZA DEMONE SIA TORNATA, E STIA MANDANDO IN STATO CATATONICO LE PERSONE. O ADDIRITTURA NE RUBI L'ANIMA..
CRASH
MA CHE!?!

IL MURO DELLA CELLA È CROLLATO! FATE ATTENZIONE AI DETRITI, QUELLA CARNE SCHIFOSA POTREBBE INFETTARCI!
BLEARGH!
LA CARNE MI METTE ANGOSCIA, MA QUELLO CHE TEMO DAVVERO È CHE...
...LA RAGAZZA DEMONE SIA FUGGITA DALLA CELLA! VOI LA VEDETE?
POTREBBE ESSERSI NASCOSTA IN MEZZO A TUTTE QUESTE MACERIE. DOBBIAMO SCENDERE E CONTROLLARE. MA ARMI IN PUGNO E TUTTI I SENSI ALL'ERTA!
QUEL LETTO È INQUIETANTE: COMPLETAMENTE PULITO ANCHE SE È IN MEZZO A SANGUE E CARNE CHE CONTINUA A BATTERE!
LA RAGAZZA DEMONE ERA INTRAPPOLATA IN UN CUORE GIGANTE, COSÌ DICE LA LEGGENDA. DORMIVA IN UN LETTO MA POI IL CUORE ESPLOSE E...
AAAAAHHHH!!
SI È SVEGLIATA! DOBBIAMO FERMARLA!
CI PENSO IO!
POSSO TENERLA A FRENO SENZA TROPPI PROBLEMI, DIREI.
OTTIMO!

MI STA VENENDO UN'IDEA UN PO' PAZZERELLA...
TEMO DI AVER CAPITO CHE VUOI FARE. DORMIRE SUL SUO LETTO?
ESATTO, IN QUESTO MODO DOVREMMO ENTRARE NEL MONDO DEI SOGNI, DOVE SI MUOVE PER CACCIARE LE SUE VITTIME, E DA LÌ CERCARE LA SUA ANIMA!
PENSA CHE LA SUA ANIMA SIA AL SICURO, NEL PROPRIO MONDO. MA UNA VOLTA CHE SARETE DALL'ALTRA PARTE, VI SEGUIRÀ!
GIÀ, PERÒ L'ANIMA È LÌ, PER CUI DOBBIAMO ANDARCI ANCHE NOI. MA POSSIAMO FARCELA SE TU TIENI UN PORTALE APERTO DA QUESTA PARTE.
ESATTO, ANNA! ORA RILASSIAMOCI E SE TUTTO PROCEDE COME DOVREBBE...

SIAMO PASSATI DALL'ALTRA PARTE! OVUNQUE SI TROVI QUEST'ALTRA PARTE. UNA DIMENSIONE ALTERNATIVA? IL MONDO DEI SOGNI? LA MENTE DEL DEMONE?
NON LO SO, AMORE, MA QUEL TELEVISORE MANDA SUONI E IMMAGINI CHE MI METTONO ANSIA...
USCIAMO DA QUI, MA RICORDIAMOCI QUESTA STANZA. IL PORTALE È IN QUALCHE MODO LEGATO A QUESTI LETTI, FORSE VIENE A RIPOSARE QUI PRIMA DI ATTACCARE...
E FORSE...
...PER UNA VOLTA ABBIAMO UN PICCOLO VANTAGGIO NELLA NOSTRA RICERCA, GUARDA!
OTTIMO! NON CAPISCO ANCORA TUTTI I DETTAGLI, MA QUELLA È DI SICURO LA TV!
EXIT
ANDIAMO DA QUESTA PART...
AAAAHHHH!
COME NON DETTO, COMINCIAMO DAL SEMINTERRATO!
TI SEGUO!

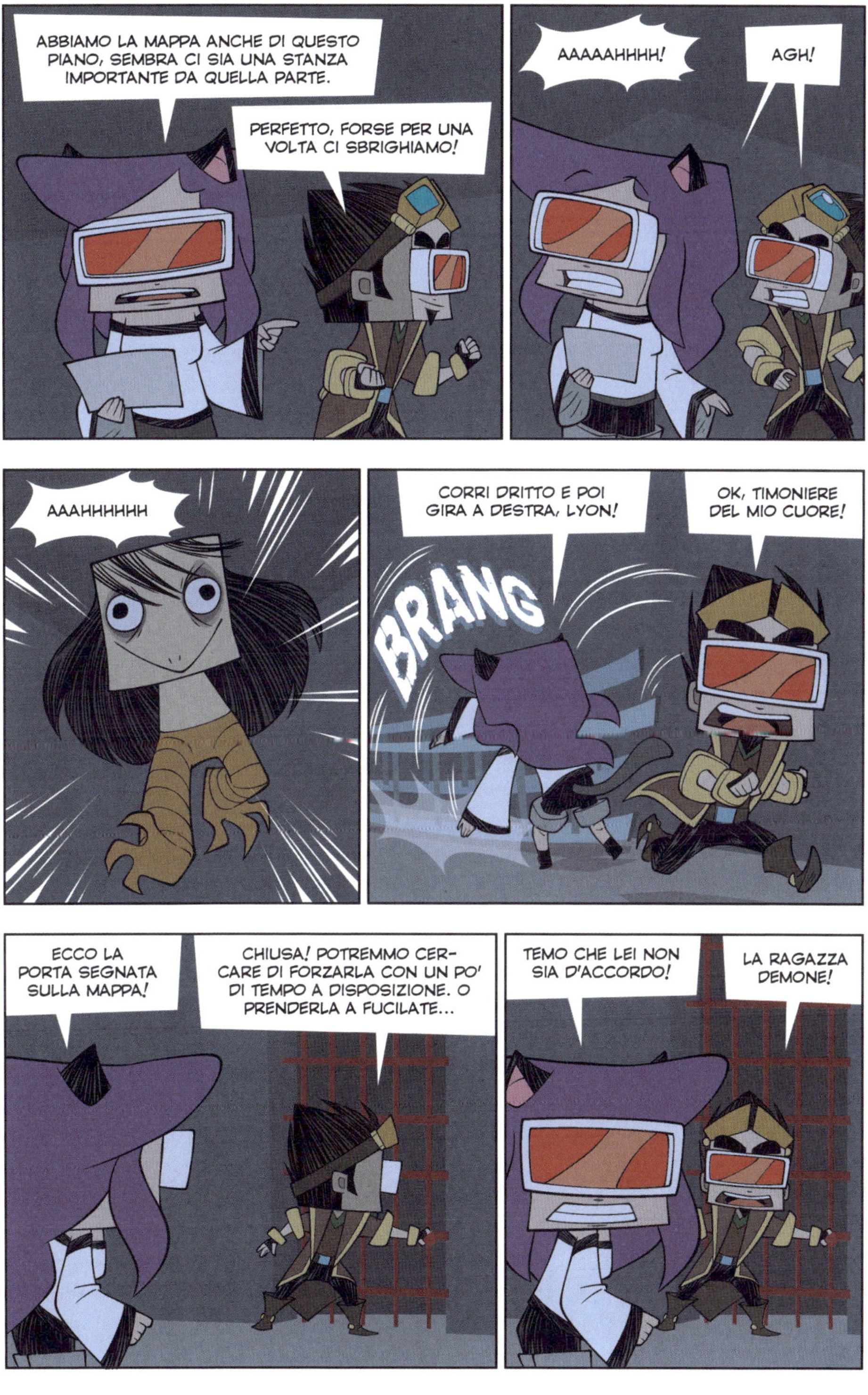
ABBIAMO LA MAPPA ANCHE DI QUESTO PIANO, SEMBRA CI SIA UNA STANZA IMPORTANTE DA QUELLA PARTE.
PERFETTO, FORSE PER UNA VOLTA CI SBRIGHIAMO!
AAAAAHHHH!
AGH!
AAAHHHHHH
CORRI DRITTO E POI GIRA A DESTRA, LYON!
OK, TIMONIERE DEL MIO CUORE!
BRANG
ECCO LA PORTA SEGNATA SULLA MAPPA!
CHIUSA! POTREMMO CERCARE DI FORZARLA CON UN PO' DI TEMPO A DISPOSIZIONE. O PRENDERLA A FUCILATE...
TEMO CHE LEI NON SIA D'ACCORDO!
LA RAGAZZA DEMONE!

MA... È SPARITA! SI DIVERTE A FARCI VENIRE COLPI AL CUORE E POI SCAPPA, MALEDETTA.
APPROFITTIAMONE PER CERCARE LA CHIAVE, FORSE TORNANDO SU AVREMO PIÙ FORTUNA, AMORE.
6905
CICO, TU VEDI QUALCOSA DI PARTI-COLARE CHE CI STA SFUGGENDO?
NO, RAGAZZI, PERÒ HO MEMORIZZATO LA MAPPA. DOVRESTE GI-RARE A SINISTRA ALLA PRIMA OCCASIONE.
GRAZIE PER LA DRITTA, AMICO!
SEI MEGLIO DI UN NAVIGATORE...
AAAAAHHHH!!!!
...PER FINIRE NELLA BOCCA DEI DEMONI!
SCUSATE! INFILATEVI IN QUELLA PORTA, ORA!
CI POTEVAMO PENSARE ANCHE DA SOLI, CICO!
SCUSATE...
PERÒ CI HA DATO UNA BUONA DRITTA, GUARDA...
...C'È UN'ALTRA PORTA, POSSIAMO USCIRE DA LÌ!
EVITANDO QUESTO ALTRO TIZIO IN STATO CATATONICO. GUARDA QUELLE FERITE, SONO PROFONDE. CHISSÀ SE SENTE DOLORE OPPURE NO...
SPERO DI NON SCOPRIRLO MAI...

UNA CASSAFORTE! PERÒ HA UN TASTIERINO NUMERICO, SARÀ DI SICURO CHIUSA.
ASPETTA, HO UN'IDEA...
SU DI UN MURO C'ERA IL NUMERO 6905, PROVA.
INCROCIAMO LE DITA...
TAP
TAP
TAP
TAP
UNA CROCE! PROPRIO QUELLO CHE CI VUOLE PER SCACCIARE UN DEMONE COME QUELLA LÌ!
PERFETTO, ORA ABBIAMO UN'ARMA IN PIÙ PER TENERLA A BADA MENTRE CERCHIAMO LA SUA ANIMA.
E FORSE ANCHE PER UN ALTRO UTILIZZO...
CE LO RACCONTERAI DOPO, AMICO! ORA RIMETTIAMOCI A CERCARE LA SUA ANIMA, PIÙ TEMPO PASSIAMO QUI, PIÙ HO PAURA CHE I MURI DIVENTINO DI CARNE COME NELLA CELLA.
ASPETTA UN SECONDO, HO VISTO QUALCOSA...
GUARDA QUELLA CHIAVE, È ROSSA COME IL CANCELLO NEL SEMINTERRATO. CHE DICI?
CHE SPERO DAVVERO CHE QUESTO TIZIO SIA IN UNO STATO DI COMPLETA CATATONIA E NON SI SVEGLI PROPRIO ORA...

MAMMA MIA, PER PRENDERE LA CHIAVE L'HO GUARDATO NEGLI OCCHI, CREDO PROPRIO NON CI SIA PIÙ NULLA DENTRO QUESTE PERSONE, ANNA! IL VUOTO ASSOLUTO CHE TI GUARDA.
BRRRR... MA FINCHÉ SIAMO FIANCO A FIANCO, QUELLA LÀ NON CI PUÒ FREGARE, NE SONO CERTA!
AAAAHHHHH!
ARGH!
AAAAHHHHH!
ARGH!
AAAAHHHH!!!!
OK, OK, ABBIAMO CAPITO, VUOI FARCI SALTARE I NERVI MA SENZA AVVICINARTI, BRUTTONA.
COSÌ NON POSSIAMO USARE LA CROCE PER SCACCIARLA E FERIRLA, MICA STUPIDA!
VEDIAMO CHI È PIÙ FURBO IN QUESTO GIOCO TRA GATTO E TOPI.
O TRA DEMONI E SCACCIADEMONI!
SPERIAMO CHE LA CHIAVE FUNZIONI...
SÌ!
CLACK

ALTRI CODICI PER CASSAFORTE! FORSE NASCONDERÀ LA SUA ANIMA?!?
E DUE CARD PER APRIRE PORTE.
PRENDIAMO TUTTO E CONTINUIAMO LA RICERCA. CICO, FACCI DA GUIDA!
FACCI EVITARE ALMENO I VICOLI CIECHI!
CERTO, DRITTI E POI SVOLTATE!
INFILATEVI SU PER QUELLE SCALE!
ORA ANDATE DRITTI E POI A SINISTRA...
...ARGH! IL CORRIDOIO ME LO ASPETTAVO MENO LUGUBRE, AMICI.
NON POTEVI SAPERLO, CICO. L'IMPORTANTE È CHE NON ABBIAMO INCROCIATO LEI.
E CHE CI HAI FATTO RISPARMIARE TEMPO!
ORA CERCHIAMO DI NON DISTURBARE TROPPO QUESTI POVERACCI. SONO COME PUPAZZI VUOTI, MA PREFERISCO EVITARE BRUTTE SORPRESE.
CONCORDO, PREFERISCO AFFRONTARE UNA DEMONE SENZA ANIMA ALLA VOLTA...

DOPO QUESTA STANZA DAI QUADRI PER NULLA ANGOSCIANTI, DOVREBBE ESSERCENE UN'ALTRA. VEDETE LA PORTA?
SÌ, È IN PENOMBRA MA LA VEDO.
E CON QUESTA...
...SI APRE!
CLACK
OK, IN QUESTA NON CI SONO QUADRI INQUIETANTI, MA QUESTE PARETI IN PIETRA SONO COSÌ SPOGLIE E FREDDE DA GELARMI IL SANGUE.
HAI RAGIONE, MA GUARDA LÀ IN MEZZO!
LA CASSAFORTE PIÙ NASCOSTA, CI SARÀ SENZ'ALTRO L'ANIMA DEL DEMONE. TIENI LA CROCE, MENTRE CERCO DI APRIRLA.
CERTO, COSÌ TI COPRO LE SPALLE.
INCROCIAMO LE DITA...
TLACK
DOBBIAMO TORNARE NELLA STANZA DEL TELEVISORE, SOLO LÌ POSSIAMO APRIRE IL PORTALE!

POSSIAMO FARCELA!
AAAAHHHH!!!
CI STA INSEGUENDO, LYON!
TRANQUILLA, GRAZIE ALLA CROCE NON CI PUÒ ATTACCARE!
AAAAHHHH!!!
MA È SEMPRE PIÙ VICINA!
LO SO, MA CI SIAMO QUASI!
AAAAHHHH!!!
STRINGI I DENTI, ANNA, E SOPRATTUTTO TIENI STRETTA LA CROCE!
APRI IL PORTALE, LYON!
SUBITO!
AAAAHHHH!!!
È DIETRO DI NOI!
APRI IL PORTALE, CICO!
GIÀ APERTO!

POCO DOPO, NELLA BASE DEI RAGAZZI.
UFF... UFFF... MAMMIA MIA, CHE CORSA FORSENNATA DALLA CELLA SOTTERRANEA ALLA NOSTRA BASE!
PERÒ CE L'ABBIAMO FATTA! ANF... METTI L'ANIMA NELLA CELLA.
ECCOLA! E ORA ECCO CHE...
...ARRIVA LEI. MA HAI POCO DA SORRIDERE, CARISSIMA.
CICO HA AVUTO UN'OTTIMA IDEA: CON TUTTE QUELLE CROCI SULLE PARETI E SULLE SBARRE, SEI FREGATA!
GIÀ, NON PUOI MUOVERTI IN NESSUNA DIREZIONE!
TU NON USCIRAI PIÙ DA LÌ...
...MA NOI TORNIAMO A CACCIA DI MOSTRI! NON ESISTE RIPOSO PER CHI VUOLE FERMARE MOSTRI E DEMONI!

MICHEAD

IDENTIKIT

- **FORMA:**
  cyborg umanoide

- **PROVENIENZA:**
  sconosciuta

- **SEGNI PARTICOLARI:**
  bocca con più denti che saliva

- **LIVELLO DI PERICOLO:**
  disorienta e assorda

Uno, due, tre... provate a non urlare di paura! Lo sentite questo **rumore di metallo ed elettricità** nell'aria, come quando un microfono viene avvicinato a un altoparlante? Il volume è così alto che vi tappate le orecchie per non udire il suono, tanto fastidioso da entrarvi direttamente nel cervello. Siete convinti che questa sequenza di **strilli, strepiti e stridii elettrici** non abbia senso, vero? In realtà, purtroppo per voi, vi sbagliate: chi vi parla è Michead! Vuole **entrare nelle vostre menti, farsi spazio tra i vostri pensieri, trovare un posto all'interno della vostra anima** per inserirci un bel po' di paura e non togliercela mai più. Vi state ancora tappando le orecchie, anche se lo sentite sempre meglio? Magari state cercando di corsa delle cuffie o dei tappi, sperando che vi aiutino a isolarvi? Ah! Buona fortuna, ne avrete parecchio bisogno se avete intenzione di esplorare i palazzi infestati di piante rampicanti che tremano al ritmo della sua voce. Palazzi che sembrano animarsi un po' troppo tutte le volte che Michead tira un sospiro di gioia vedendo nuovi 'amici' in arrivo e inizia a chiamarli per nome...

MA SECONDO VOI È ABBASTANZA GRANDE PER MICROPHONHEAD?
CONSIDERANDO CHE È FATTO DI CAVI E ASTE PIEGHEVOLI, SONO SICURO CHE RAGGOMITOLANDOSI PUÒ ENTRARCI. E POI LA COSA CHE CI INTERESSA DAVVERO È UN'ALTRA. DICO BENE, ANNA?
ESATTO: LA CELLA È DEL TUTTO INSONORIZZATA!
COSÌ QUELLA TESTA A VALVOLA DI MICHEAD NON POTRÀ URLARE O SUSSURRARE LE SUE FRASI IPNOTIZZANTI, UNA VOLTA CHE LO AVREMO CATTURATO!
A PROPOSITO DI URLA E SUSSURRI...
...CON QUESTI BEN PIANTATI NELLE ORECCHIE NON POTRÀ IPNOTIZZARVI NEMMENO DURANTE LA CACCIA!
PERFETTO! E POSSIAMO COMUNICARE CON TE DA REMOTO!

CON QUESTI VISORI, INOLTRE, POTRAI SEGUIRCI E AIUTARCI RIMANENDO QUI. SEI OCCHI SONO MEGLIO CHE QUATTRO!
PERÒ CASUALMENTE SARAI ANCHE QUELLO PIÙ AL SICURO, EH, PAUROSONE CHE NON SEI ALTRO!
MA SAPRÒ DOVE SIETE, IN CASO SERVA UNA MISSIONE DI SOCCORSO PER FARVI SCAPPARE! ANZI, A PROPOSITO DI SCAPPARE...
HAI RAGIONE!
NON DIMENTICHIAMO UN PORTALE DI FUGA, NON SI SA MAI!
PERFETTO, AMORE. ALLORA È TUTTO PRONTO, ANDIAMO NELLA CELLA DI MICHEAD PER CAPIRE...
...COME HA FATTO A FUGGIRE?!?
DA QUEL BU-CO, DIREI. GUARDA QUANTO È SBAFATO, CHE SCHIFO!
QUALCHE PARASSITA DEVE AVER MANGIATO VIA LA PARETE, ECCO COME È SCAPPATO! IN PIÙ VEDO UN PORTALE: DOVEVA ESSERE MURATO!
FATE ATTENZIONE, RAGAZZI!
TRANQUILLO, CICO. NOI SIAMO ARMATI, TU CI OS-SERVI, E ABBIAMO GIÀ LA VIA DI FUGA.
SIAMO PRONTI A OGNI SCENARIO POSSIBILE!

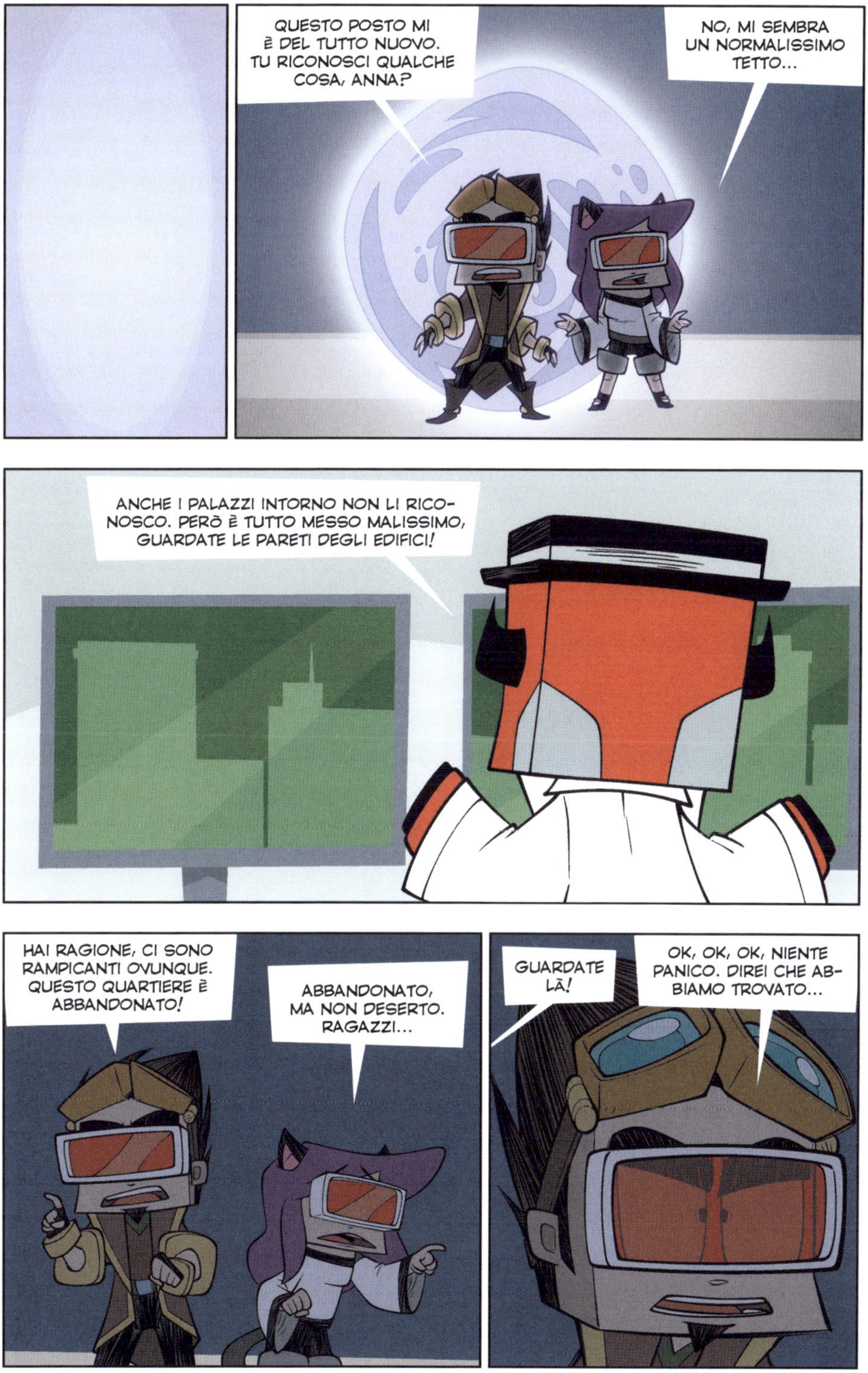
QUESTO POSTO MI È DEL TUTTO NUOVO. TU RICONOSCI QUALCHE COSA, ANNA?
NO, MI SEMBRA UN NORMALISSIMO TETTO...
ANCHE I PALAZZI INTORNO NON LI RICONOSCO. PERÒ È TUTTO MESSO MALISSIMO, GUARDATE LE PARETI DEGLI EDIFICI!
HAI RAGIONE, CI SONO RAMPICANTI OVUNQUE. QUESTO QUARTIERE È ABBANDONATO!
ABBANDONATO, MA NON DESERTO. RAGAZZI...
GUARDATE LÀ!
OK, OK, OK, NIENTE PANICO. DIREI CHE ABBIAMO TROVATO...

...MICHEAD!
NON URLARE, LYON.
SE CI SENTE, SONO DOLORI ASSICURATI.
BEEP BEEP
NON LO SO, MI PARE SIA DISATTIVATO. AMMESSO CHE UN MOSTRO COME LUI SI DISATTIVI MAI...
IL DETECTOR! IL TOKEN CON L'ANIMA DI MICHEAD DEVE ESSERE PARECCHIO VICINO. ESPLORIAMO LA ZONA, CERCANDO DI FARE PIANO.
OK, IO PERÒ NEL DUBBIO NON LO PERDO D'OCCHIO.
OTTIMA PEN-SATA, ANNA!
PERÒ GUARDA ANCHE DOVE METTI I PIEDI, AMORE. TUTTE QUESTE MACCHIE...

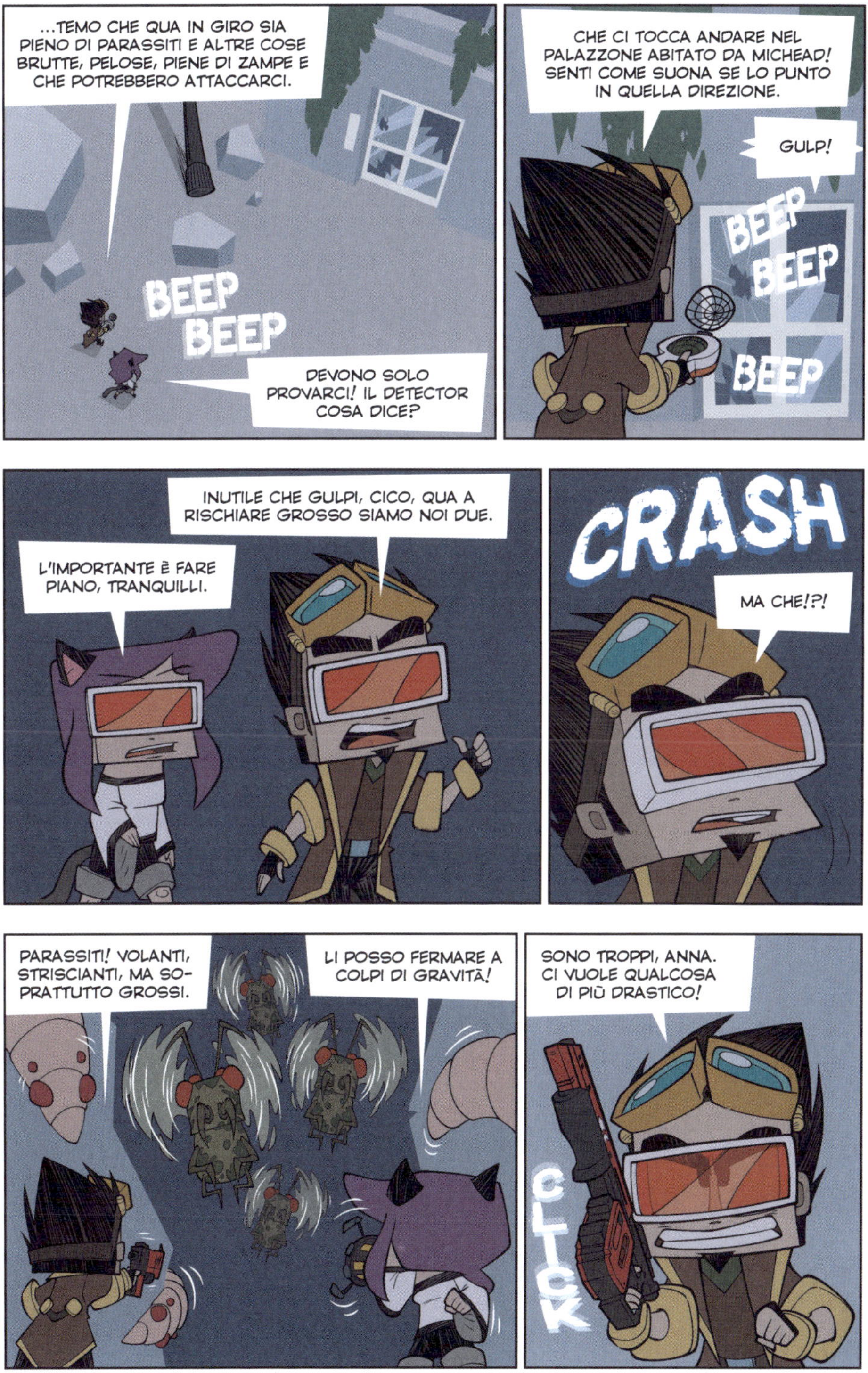
...TEMO CHE QUA IN GIRO SIA PIENO DI PARASSITI E ALTRE COSE BRUTTE, PELOSE, PIENE DI ZAMPE E CHE POTREBBERO ATTACCARCI.
BEEP BEEP
DEVONO SOLO PROVARCI! IL DETECTOR COSA DICE?
CHE CI TOCCA ANDARE NEL PALAZZONE ABITATO DA MICHEAD! SENTI COME SUONA SE LO PUNTO IN QUELLA DIREZIONE.
GULP!
BEEP BEEP BEEP
INUTILE CHE GULPI, CICO, QUA A RISCHIARE GROSSO SIAMO NOI DUE.
L'IMPORTANTE È FARE PIANO, TRANQUILLI.
CRASH
MA CHE!?!
PARASSITI! VOLANTI, STRISCIANTI, MA SOPRATTUTTO GROSSI.
LI POSSO FERMARE A COLPI DI GRAVITÀ!
SONO TROPPI, ANNA. CI VUOLE QUALCOSA DI PIÙ DRASTICO!
CLICK

ARRETRIAMO NEL PALAZZO!
BLAM
BLAM
BLAM
BLAM
SPLORCH
SPLORCH
SPLORCH
SCAPPANO VIA, OTTIMO!
VERO, PERÒ...
...SENTI QUESTA VIBRAZIONE?
OH, NO...
OH, NO DAVVERO...
...MICHEAD SI STA SCALDANDO! VOI NON SENTITE IL SUONO GRAZIE AI TAPPI, MA LE VIBRAZIONI FANNO MUOVERE TUTTO!
FZFZFZFZFZFZFZFZFZFZFZFZFZF
E SARANNO SEMPRE PIÙ FORTI PIÙ SI SCALDA...
...FINO A CHE SARÀ DEL TUTTO ACCESO!
E PRONTO A CACCIARE!

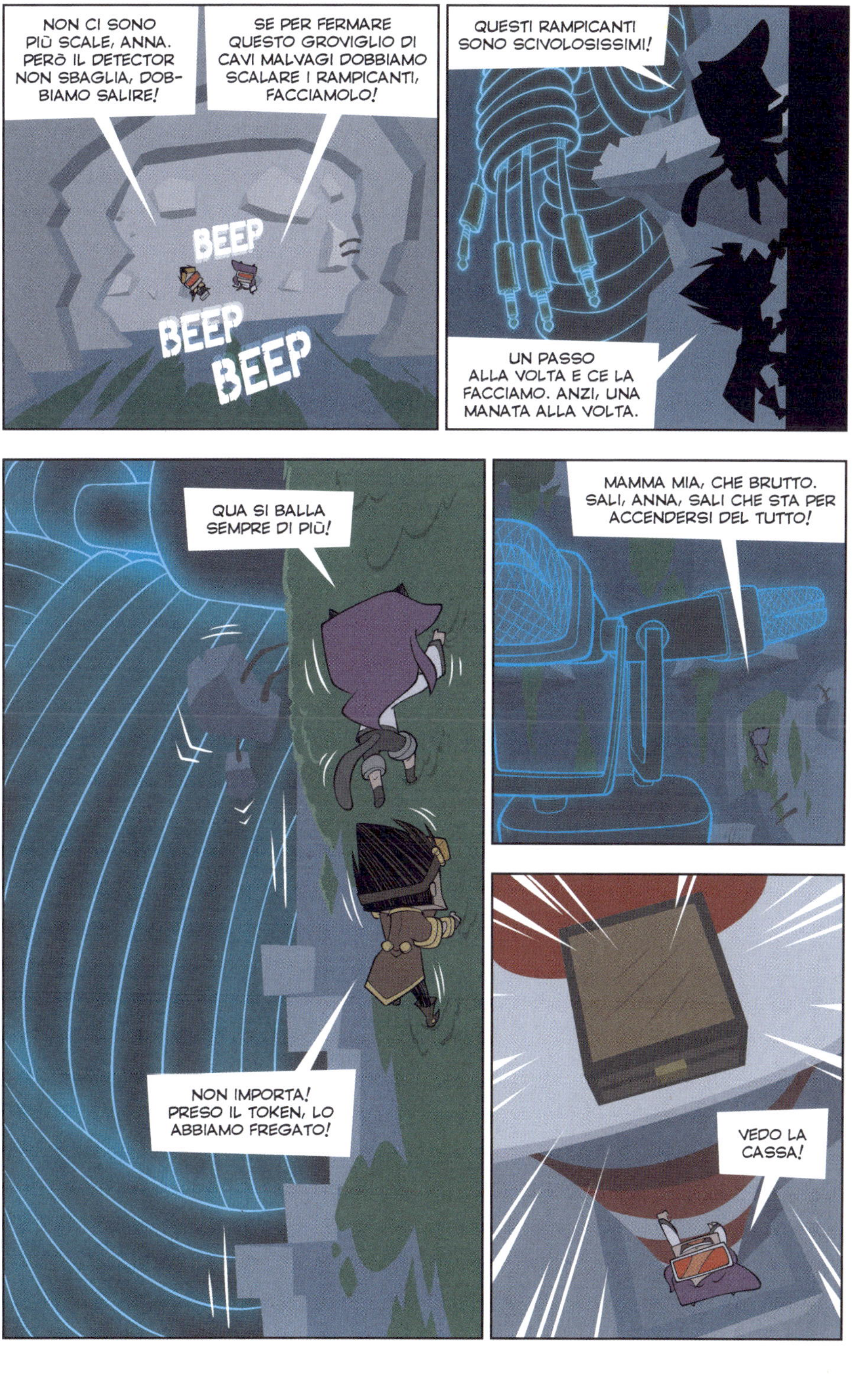
NON CI SONO PIÙ SCALE, ANNA. PERÒ IL DETECTOR NON SBAGLIA, DOB-BIAMO SALIRE!
SE PER FERMARE QUESTO GROVIGLIO DI CAVI MALVAGI DOBBIAMO SCALARE I RAMPICANTI, FACCIAMOLO!
BEEP
BEEP
BEEP
QUESTI RAMPICANTI SONO SCIVOLOSISSIMI!
UN PASSO ALLA VOLTA E CE LA FACCIAMO. ANZI, UNA MANATA ALLA VOLTA.
QUA SI BALLA SEMPRE DI PIÙ!
NON IMPORTA! PRESO IL TOKEN, LO ABBIAMO FREGATO!
MAMMA MIA, CHE BRUTTO. SALI, ANNA, SALI CHE STA PER ACCENDERSI DEL TUTTO!
VEDO LA CASSA!

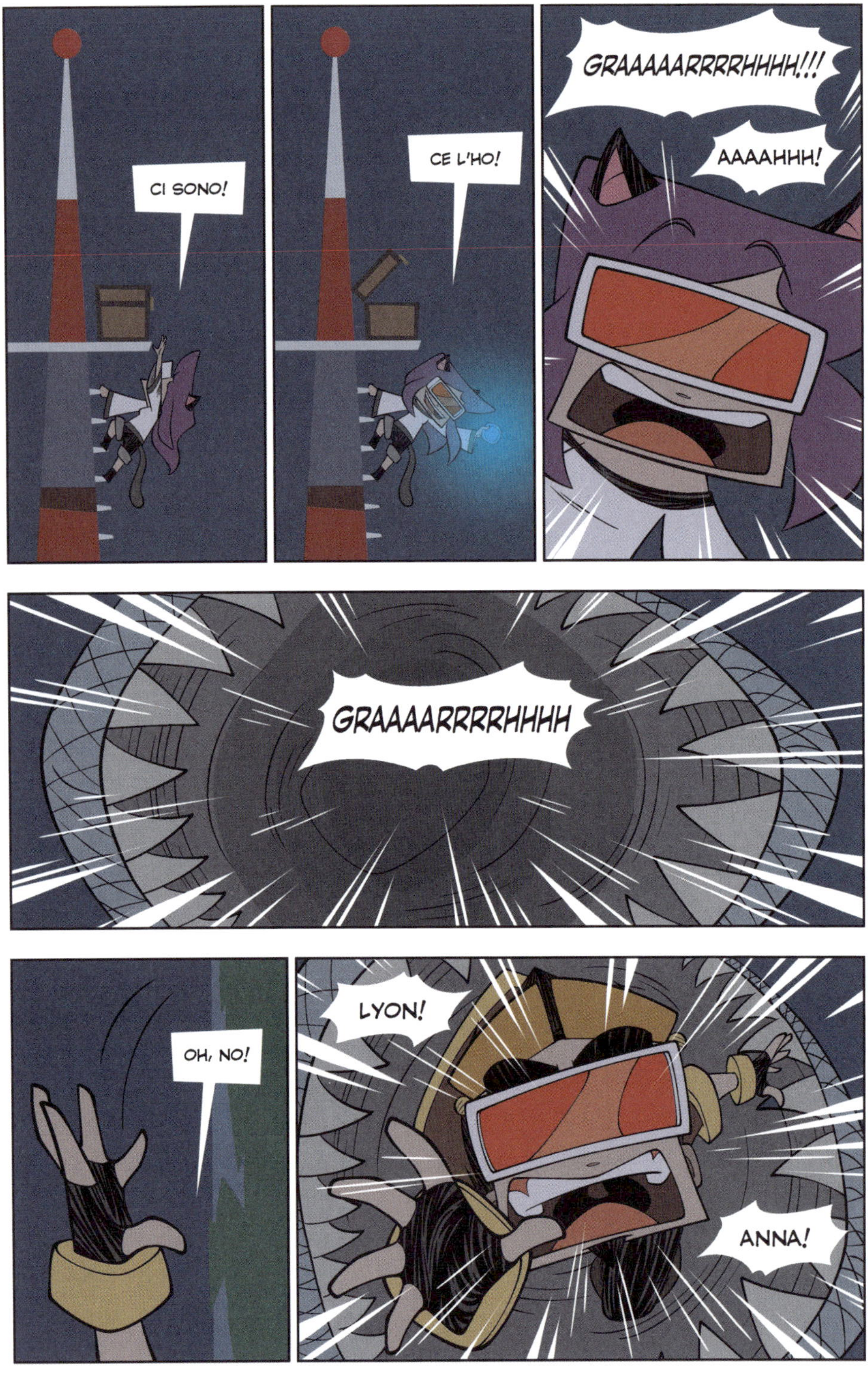
CI SONO!
CE L'HO!
GRAAAAAARRRRHHHH!!!
AAAAHHH!
GRAAAARRRRHHHH
OH, NO!
LYON!
ANNA!

LYON!
CLICK
CI SONO TANTI MOTIVI PER CUI TI AMO, MA ESSERE UN GENIO È NELLA TOP TRE!
SWOMP
LO SO!

SBONG
HO PENSATO VI SERVISSE QUALCOSA DI MORBIDO SU CUI CADERE.
GRAZIE, AMICO!
LA PROSSIMA VOLTA MAGARI PIAZZANE DUE!
L'IMPORTANTE È CHE SIAMO QUI, E MICHEAD NO!
LYON, GUARDA LÀ!
OH, NO!
SI STA AVVICINANDO AL PORTALE!

MA È TROPPO GROSSO PER PASSARCI!
MEGLIO NON RISCHIARE! CHIUDILO!
IL FUCILE SI È DANNEGGIATO NELL'IMPATTO!
CLICK
CLICK
OH, NO, CI VUOLE AFFERRARE!
ASPETTA, NON SERVE CHIUDERE IL PORTALE. LYON, IL TOKEN!
HAI RAGIONE, AMORE!
TAC
ORA QUELLA BRUTTA TESTA DI TRANSISTOR DENTATI DOVREBBE ESSERE...

...IN GABBIA!
CE L'ABBIAMO FATTA PER UN PELO!
E LUI ENTRA NELLA CELLA PER MENO DI UN PELO!
MEGLIO, PIÙ È STRETTO E BLOCCATO, MENO È FACILE ESCA!
L'IMPORTANTE È CHE NON SI FACCIA SENTIRE DI NOTTE. NON DORMIREI MAI PIÙ.
TRANQUILLA, LA CELLA INSONORIZZATA È A PROVA DI OGNI STRIDORE E SUONO. POSSIAMO DORMIRE SONNI TRANQUILLI.
MAGARI PERÒ, NEL DUBBIO, IO I TAPPI NELLE ORECCHIE ME LI TENGO.
FZFZFZFZFZFZFZFZFZF

FURIA BLU

IDENTIKIT

- **FORMA:**
animale antropomorfo,
troppo veloce per essere descritto

- **PROVENIENZA:**
sconosciuta, è in troppi luoghi
allo stesso tempo

- **SEGNI PARTICOLARI:**
i suoi occhi non ti perdono
mai di vista

- **LIVELLO DI PERICOLO:**
feroce

SWOOSH! Ecco l'unica cosa che sentirete se vi metterete a cercare Furia Blu! Tanto **veloce** da essere **quasi invisibile**, è così **inquietante e cattivo** che percepirete la sua minaccia anche se non riuscirete a vederlo bene! Furia Blu è dietro di voi, sopra di voi, davanti a voi ma anche al vostro fianco. Riuscite appena appena a scorgere una **pennellata di colore blu** con la coda dell'occhio, vi girate per guardare meglio, ma Furia è già dalla parte opposta. Ma anche se è così **sfuggente**, sentite benissimo la sua **aura minacciosa** diffondersi, come se **migliaia di piccoli led azzurri** si accendessero e spegnessero di continuo, in una **corsa pazza** per riempire tutto lo spazio della sua **malvagia presenza**. Sarebbe uno spettacolo meraviglioso, se non fosse il segnale di una minaccia che incombe. C'è stato un tempo in cui Furia Blu giocava con tanti amici speciali, ma pare che ormai sia morto e sepolto. Tenete gli occhi aperti e aguzzate le orecchie, se non volete finire sepolti anche voi.

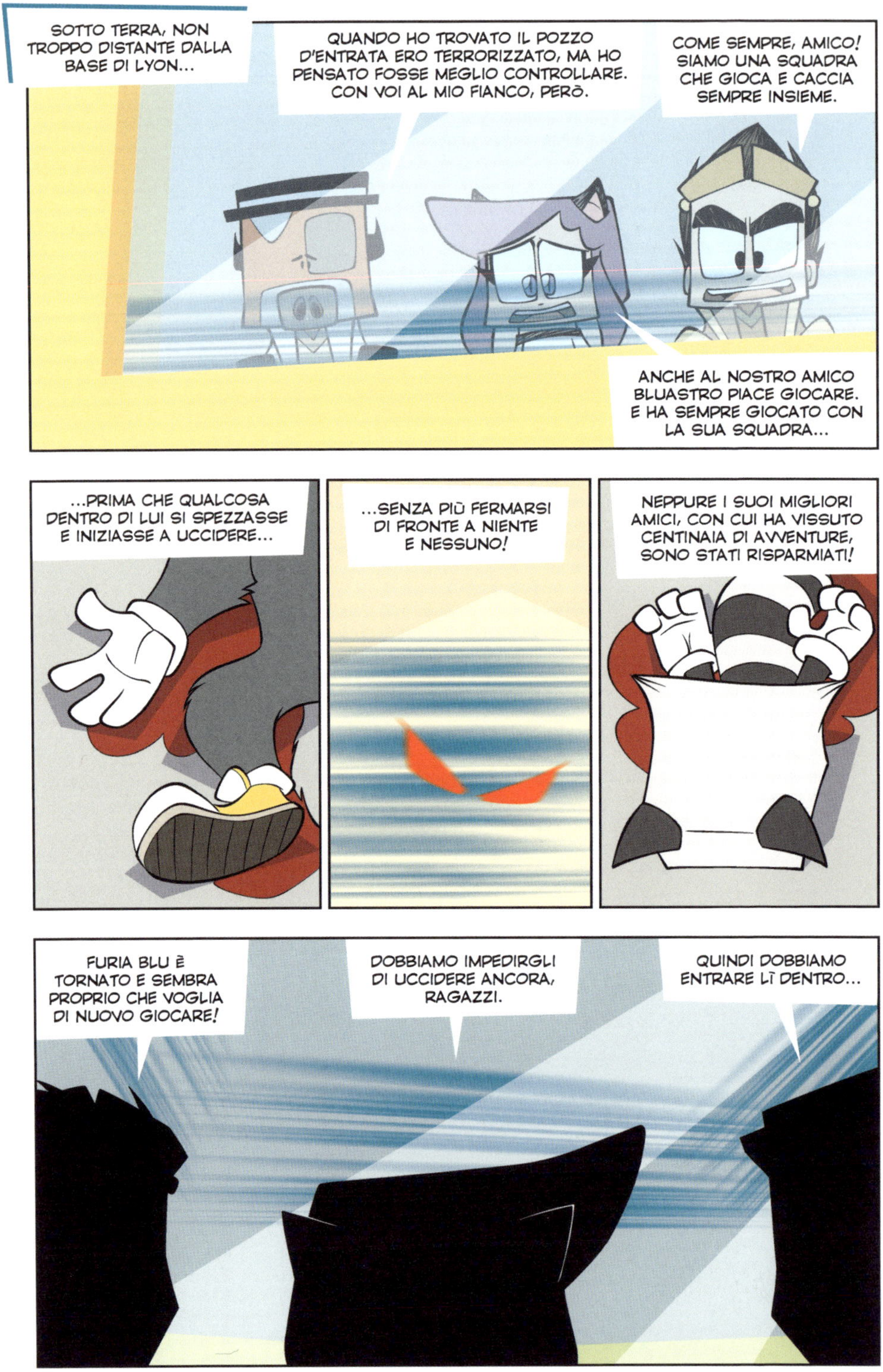
SOTTO TERRA, NON TROPPO DISTANTE DALLA BASE DI LYON...
QUANDO HO TROVATO IL POZZO D'ENTRATA ERO TERRORIZZATO, MA HO PENSATO FOSSE MEGLIO CONTROLLARE. CON VOI AL MIO FIANCO, PERÒ.
COME SEMPRE, AMICO! SIAMO UNA SQUADRA CHE GIOCA E CACCIA SEMPRE INSIEME.
ANCHE AL NOSTRO AMICO BLUASTRO PIACE GIOCARE. E HA SEMPRE GIOCATO CON LA SUA SQUADRA...
...PRIMA CHE QUALCOSA DENTRO DI LUI SI SPEZZASSE E INIZIASSE A UCCIDERE...
...SENZA PIÙ FERMARSI DI FRONTE A NIENTE E NESSUNO!
NEPPURE I SUOI MIGLIORI AMICI, CON CUI HA VISSUTO CENTINAIA DI AVVENTURE, SONO STATI RISPARMIATI!
FURIA BLU È TORNATO E SEMBRA PROPRIO CHE VOGLIA DI NUOVO GIOCARE!
DOBBIAMO IMPEDIRGLI DI UCCIDERE ANCORA, RAGAZZI.
QUINDI DOBBIAMO ENTRARE LÌ DENTRO...

...SPERANDO DI ESSERE ABBASTANZA VELOCI PER FERMARLO.
ESATTO. CON IL FUCILE A GRAVITÀ DOVREMMO RIUSCIRE A RALLENTARLO ABBASTANZA PER TROVARE L'ENTRATA CHE CI INTERESSA DAVVERO!
QUELLA PER IL LUOGO IN CUI SI TROVA LA SUA ANIMA, DICI?
NUOVAMENTE ESATTO! SUL FONDO DELLA CELLA VEDO UN PORTALE, SONO SICURO SIA QUELLO IN CUI SI INFILA PER ANDARE A FARE LE SUE STRAGI INDISTURBATO!
ALLORA INFILATE I VISORI, COSÌ POSSO AIUTARVI DA REMOTO!
DA REMOTO E AL SICURO!
SICURO DI FARVI TROVARE LA CELLA PRONTA PER LA FURIA UNA VOLTA CHE TORNATE ALLA NOSTRA BASE!
CICO HA RAGIONE, ANNA. ABBIAMO BISOGNO DI TUTTI GLI OCCHI DISPONIBILI, LA FURIA È COSÌ VELOCE CHE...
...RIUSCIRE A CAPIRE DOVE SI TROVA È QUASI IMPOSSIBILE! SE NE VEDE PRATICAMENTE SOLO LA SCIA CHE LASCIA CORRENDO!

TIENITI PRONTO, LYON. APPENA LA PORTA SI APRE...
...IO SPARO UNA BELLA FUCILATA GRAVITAZIONALE A PIENA POTENZA E AD AMPIO RAGGIO DENTRO LA CELLA. LO PRENDEREMO PER FORZA.
BEEP
BBZZZ
CLICK
L'HO ACCHIAPPATO, MA NON SI FERMA! RIESCE A MUOVERSI ANCHE DENTRO IL RAGGIO GRAVITAZIONALE, COME SE VIBRASSE DI CONTINUO!
ASPETTA, FORSE... RIESCI A TRASCINARLO CON TE ALL'INTERNO DELLA CELLA?
ZZAPP

VIBRA CON COSÌ TANTA FORZA CHE FATICO A TENERLO, MA POSSO FARCELA! VUOLE SCAPPARE IN OGNI MODO!
RESISTI, AMORE! SE ENTRIAMO NEL PORTALE...
...POSSIAMO CERCARE LA SUA ANIMA PRIMA CHE CI ACCHIAPPI!
SPERANDO DI NASCONDERCI APPENA USCIAMO DALL'ALTRA PARTE. MA POSSIAMO FARCELA, ANNA. TU ENTRA PER PRIMA!
LA FURIA FA COSÌ TANTA RESISTENZA CHE IL FUCILE SI STA SURRISCALDANDO!
ORMAI O LA VA...
...OPPURE...

...LA...
...SPACCA? SPERIAMO CHE IL FUCILE SI RIPRENDA, PRIMA CHE LA FURIA PRENDA NOI...
LYON!
NON POSSIAMO STARE FERMI UN SECONDO. QUESTO QUARTIERE NON MI PIACE PER NULLA, MA DOBBIAMO TROVARE UN POSTO DOVE NASCONDERCI!
HAI RAGIONE, È RIDOTTO MALISSIMO. PERÒ...
...VEDO UN SACCO DI POSTI ABBASTANZA ROBUSTI CHE POSSONO FUNZIONARE DA NASCONDIGLIO!
IO INVECE VEDO UN SACCO DI MACCHIE DI SANGUE UN PO' OVUNQUE. INFILIAMOCI IN QUEL NEGOZIO, LE FINESTRE SONO SBARRATE!
LA PORTA MI PARE ABBASTANZA SOLIDA. IL DETECTOR PER LE ANIME SEGNALA QUALCOSA?
CLACK
PER ORA NON PERCEPISCE NULLA DI NULLA, NEMMENO UN SEGNALE DEBOLE. STRANO. CHE LA PRESENZA DI FURIA LO MANDI IN TILT?
FORSE DA UN PUNTO PIÙ ALTO POTREBBE RICEVERE MEGLIO. ANDIAMO SUL TETTO!
OTTIMA IDEA!
SEMBRA CHE CI SIA STATA UNA LOTTA, QUI.
VERO, PERÒ QUALCUNO HA LASCIATO QUALCOSA CHE MI STA DANDO UN'IDEA...

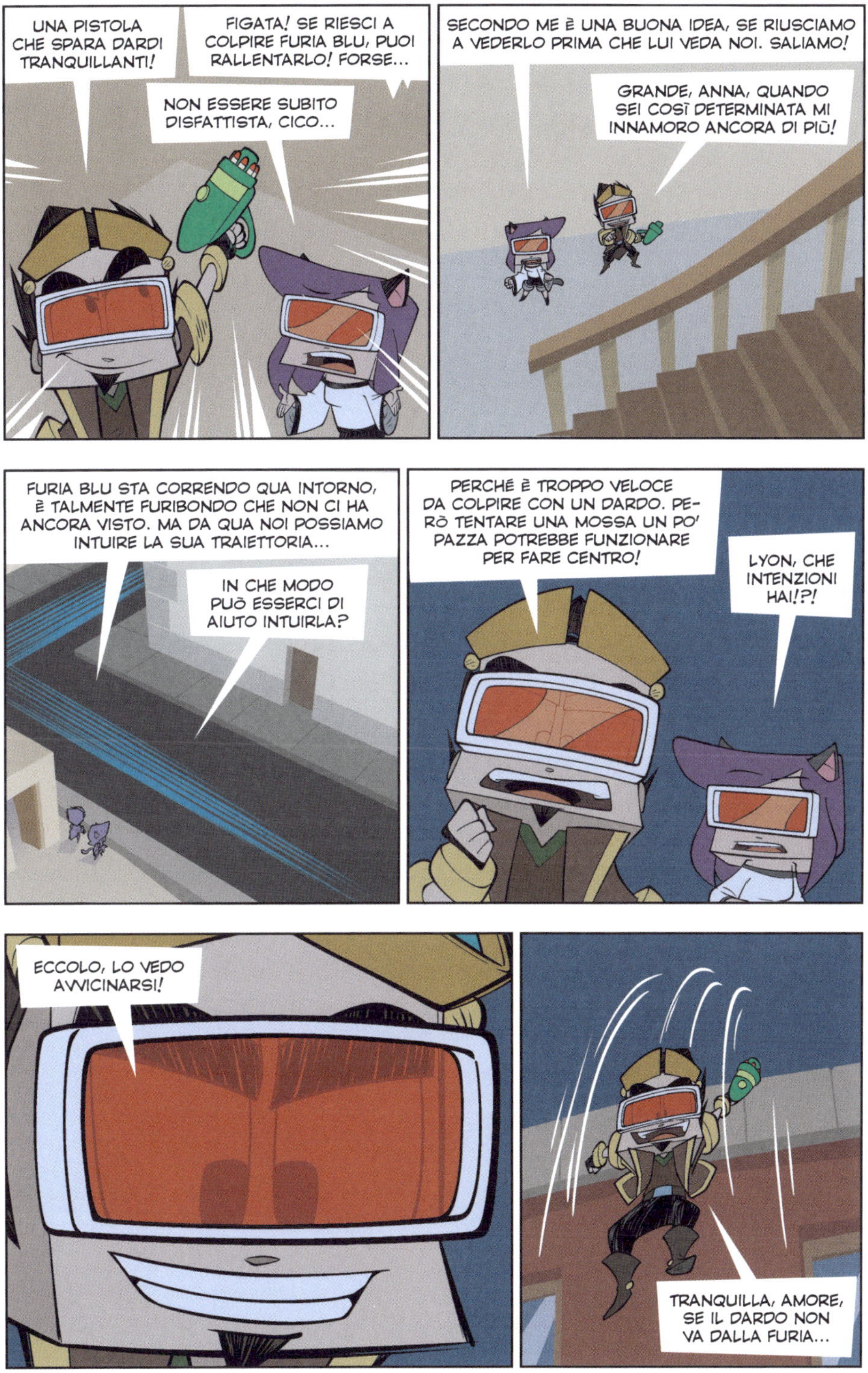
UNA PISTOLA CHE SPARA DARDI TRANQUILLANTI!
FIGATA! SE RIESCI A COLPIRE FURIA BLU, PUOI RALLENTARLO! FORSE...
NON ESSERE SUBITO DISFATTISTA, CICO...
SECONDO ME È UNA BUONA IDEA, SE RIUSCIAMO A VEDERLO PRIMA CHE LUI VEDA NOI. SALIAMO!
GRANDE, ANNA, QUANDO SEI COSÌ DETERMINATA MI INNAMORO ANCORA DI PIÙ!
FURIA BLU STA CORRENDO QUA INTORNO, È TALMENTE FURIBONDO CHE NON CI HA ANCORA VISTO. MA DA QUA NOI POSSIAMO INTUIRE LA SUA TRAIETTORIA...
IN CHE MODO PUÒ ESSERCI DI AIUTO INTUIRLA?
PERCHÉ È TROPPO VELOCE DA COLPIRE CON UN DARDO. PERÒ TENTARE UNA MOSSA UN PO' PAZZA POTREBBE FUNZIONARE PER FARE CENTRO!
LYON, CHE INTENZIONI HAI!?!
ECCOLO, LO VEDO AVVICINARSI!
TRANQUILLA, AMORE, SE IL DARDO NON VA DALLA FURIA...

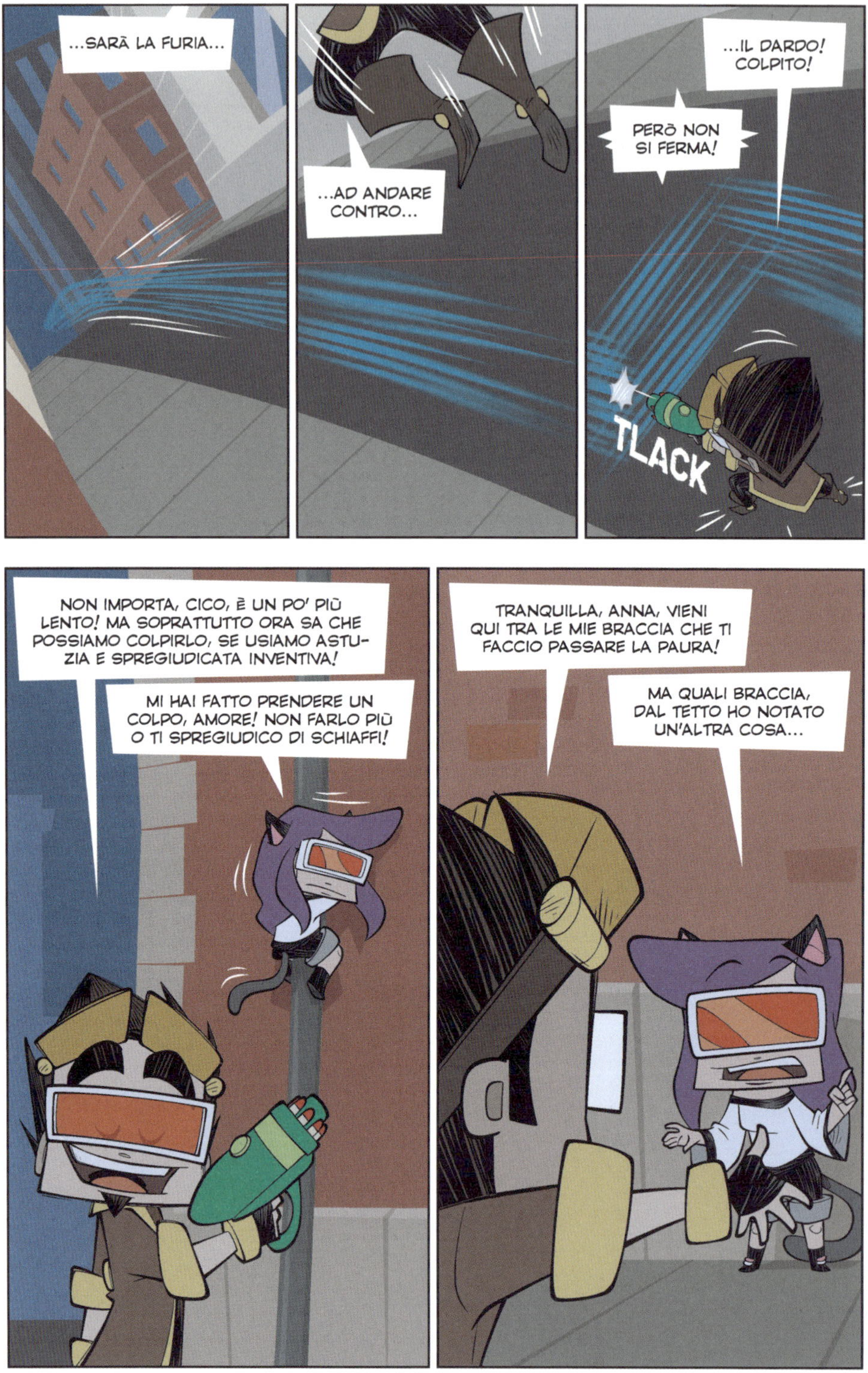
...SARÀ LA FURIA...
...AD ANDARE CONTRO...
...IL DARDO! COLPITO!
PERÒ NON SI FERMA!
TLACK
NON IMPORTA, CICO, È UN PO' PIÙ LENTO! MA SOPRATTUTTO ORA SA CHE POSSIAMO COLPIRLO, SE USIAMO ASTUZIA E SPREGIUDICATA INVENTIVA!
MI HAI FATTO PRENDERE UN COLPO, AMORE! NON FARLO PIÙ O TI SPREGIUDICO DI SCHIAFFI!
TRANQUILLA, ANNA, VIENI QUI TRA LE MIE BRACCIA CHE TI FACCIO PASSARE LA PAURA!
MA QUALI BRACCIA, DAL TETTO HO NOTATO UN'ALTRA COSA...

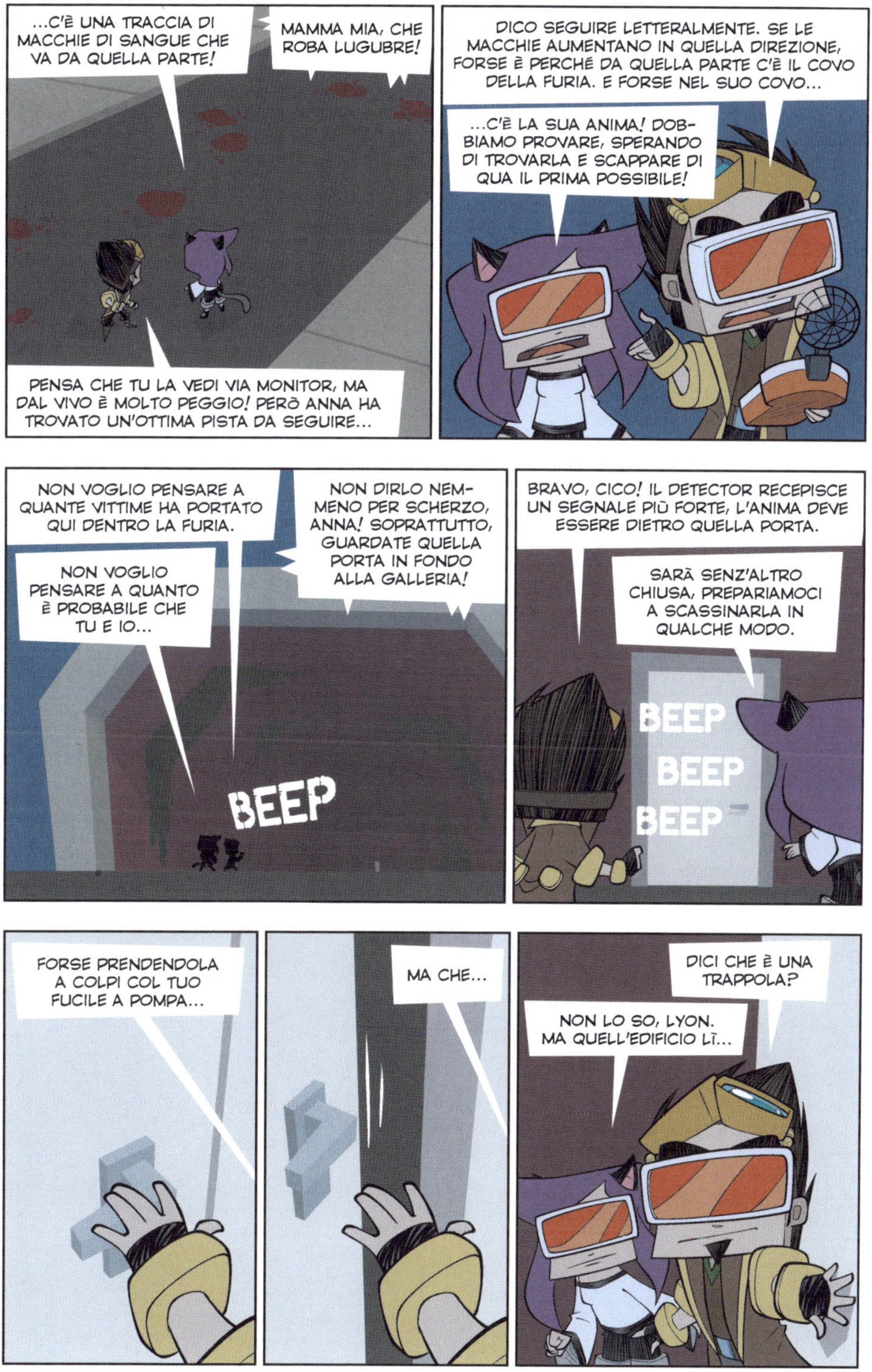
...C'È UNA TRACCIA DI MACCHIE DI SANGUE CHE VA DA QUELLA PARTE!
MAMMA MIA, CHE ROBA LUGUBRE!
PENSA CHE TU LA VEDI VIA MONITOR, MA DAL VIVO È MOLTO PEGGIO! PERÒ ANNA HA TROVATO UN'OTTIMA PISTA DA SEGUIRE...
DICO SEGUIRE LETTERALMENTE. SE LE MACCHIE AUMENTANO IN QUELLA DIREZIONE, FORSE È PERCHÉ DA QUELLA PARTE C'È IL COVO DELLA FURIA. E FORSE NEL SUO COVO...
...C'È LA SUA ANIMA! DOBBIAMO PROVARE, SPERANDO DI TROVARLA E SCAPPARE DI QUA IL PRIMA POSSIBILE!
NON VOGLIO PENSARE A QUANTE VITTIME HA PORTATO QUI DENTRO LA FURIA.
NON VOGLIO PENSARE A QUANTO È PROBABILE CHE TU E IO...
NON DIRLO NEMMENO PER SCHERZO, ANNA! SOPRATTUTTO, GUARDATE QUELLA PORTA IN FONDO ALLA GALLERIA!
BEEP
BRAVO, CICO! IL DETECTOR RECEPISCE UN SEGNALE PIÙ FORTE, L'ANIMA DEVE ESSERE DIETRO QUELLA PORTA.
SARÀ SENZ'ALTRO CHIUSA, PREPARIAMOCI A SCASSINARLA IN QUALCHE MODO.
BEEP
BEEP
BEEP
FORSE PRENDENDOLA A COLPI COL TUO FUCILE A POMPA...
MA CHE...
DICI CHE È UNA TRAPPOLA?
NON LO SO, LYON. MA QUELL'EDIFICIO LÌ...

...HA TUTTA L'ARIA DI UN LUOGO PARECCHIO IMPORTANTE, SE AVESSI DELIRI DI ONNIPOTENZA COME LA FURIA!
DEVE ESSERE IL MUSEO CHE HA COSTRUITO PER CELEBRARE LE SUE VITTORIE E SE STESSO!
MA ORA AVRÀ POCO DA CELEBRARE, QUELL'AMMASSO DI PELO SUPERSONICO!
ASPETTA, TEMO CHE LUI...
BEEP
BEEP
BEEP
...CI ABBIA FIUTATO! CORRE UN PO' PIÙ LENTO MA È SEMPRE UN RAZZO!
SPERIAMO CHE IL FUCILE FUNZIONI DI NUOVO!
SBOOM

DIREI CHE IL FUCILE GRAVITAZIONALE HA FINITO LA SUA CARRIERA COL BOTTO! OUCH!
BEEP BEEP BEEP
PERÒ MI HA BUTTATO PROPRIO DOVE SERVIVA!
BEEP BEEP
FINALMENTE! POSSIAMO ANDARCENE, ANNA!
ANNA, DOVE SEI!?!
SUL TETTO, LYON!
IL FUCILE GRAVITAZIONALE MI HA LANCIATO QUA SOPRA! POSSO SCENDERE USANDO LE LIANE, ESCI E FUGGIAMO DA QUI!
RICEVUTO, CAPO!

OH, NO! IL COLPO LO HA RALLENTATO ANCORA DI PIÙ, MA DUBITO DI POTERLO SEMINARE DI CORSA.
PERCHÉ SEMINARLO...
...SE POSSIAMO SEPPELLIRLO!?!
CRASH
SEI UN GENIO DELL'IMPROVVISAZIONE, AMORE!
FAMMI I COMPLIMENTI QUANDO SAREMO AL SICURO, LYON! NON VOGLIO SCOPRIRE QUANTO È VELOCE A RIPRENDERSI...

POCO DOPO, NELLA BASE DI LYON...
...FURIA BLU! LA CELLA CHE ABBIAMO PREPARATO PER LUI LO TERRÀ A FRENO?
NE SONO SICURO, RAGAZZI.
PERÒ PER SICUREZZA IL TOKEN LO LANCIO ATTRAVERSO LE SBARRE GIÀ BEN CHIUSE!
WOOSH
WOOOOSH
SEMBRA UN CRICETO SENZA LA SUA RUOTA PREFERITA!
SI MUOVE VELOCISSIMO, MA CI FISSA CON QUEGLI OCCHI AGGHIACCIANTI...
PERÒ È DIETRO LE SBARRE, CICO!
ANNA HA RAGIONE, SIAMO AL SICURO E POSSIAMO CONTINUARE A CACCIARE ALTRI MOSTRI!

SLENDER-MAN

IDENTIKIT

- **FORMA:**
  elegante umanoide senza volto

- **PROVENIENZA:**
  sconosciuta

- **SEGNI PARTICOLARI:**
  non ha gli occhi,
  ma ti osserva lo stesso

- **LIVELLO DI PERICOLO:**
  agghiacciante

Vestito come un vero **gentiluomo**, è un perfetto esempio di stile ed eleganza! Farebbe un'ottima figura in passerella, se non facesse anche una paura incredibile, di quelle che ti gelano le ossa e i denti, con il suo **volto senza... volto!** Non bastano certo un cravattino e una giacca perfetta per nascondere l'orrore contenuto in Slenderman. Un orrore così abbondante da fargli allungare le **due (o quattro? o sei? o migliaia?) braccia** fino ad arrivare vicino al volto delle vittime, paralizzate dalla paura. Si muove **velocissimo**, quasi senza fare rumore, se non si considera il fruscio dei suoi bellissimi completi, ed è sempre un passo più in là rispetto a dove credi di trovarlo. Oppure è fermo, immobile, fisso in una posizione leggermente innaturale: con la testa inclinata quel tanto che basta da farti salire lungo la schiena un brivido così forte da farti tremare. E tremi talmente tanto che i tuoi muscoli si bloccano impedendoti di scappare, mentre lui si avvicina sorridendo, anche se un sorriso vero e proprio non ce l'ha. E anche tu, presto, smetterai di sorridere per sempre.

BASE DI LYON.
DETECTOR?
PRONTO A DETECTARE MOSTRI!
APRIPORTALE?
C'È!
FUCILE AD ATTRAZIONE?
CE L'ABBIAMO!
SPADA DI TELEKILL?
PRESENTE, E TAGLIENTE!
LANCIAFIAMME?
PURE LUI AL SUO POSTO! PERÒ...
DIREI CHE DOBBIAMO DARGLI UN BELLA CARICATA!
OK, LO SEGNO!
BONK
BONK
DIREI CHE ANCHE OGGI IL CONTROLLO SICUREZZA LO ABBIAMO SUPERATO!
OTTIMO! LA NOSTRA BASE È A PROVA DI TUTTO, MA VOGLIO ESSERE SICURO CHE SE QUALCOSA DOVESSE ENTRARE QUI DENTRO POTREMMO DIFENDERCI ALLA GRANDE!
E MAGARI DIFENDERCI ANCHE DALLE COSE CHE STIAMO TENENDO NELLE CELLE SOTTERRANEE!
OH, NO!

NO, NON È POSSIBILE!
UNA PAGINA DEL DIARIO DI SLENDERMAN!
MA LO AVEVAMO SCONFITTO! FACENDO UNA FATICACCIA INCREDIBILE, PERÒ CI ERAVAMO RIUSCITI!
STIAMO CALMI, UNA PAGINA DEL DIARIO DA SOLA NON SIGNIFICA NULLA. NON FACCIAMOCI PRENDERE DAL PAN...
A ME IL PICCONE!
ECCO, APPUNTO, CALMI E SERENI. PERÒ NON HAI TUTTI I TORTI, AMICO. PRENDIAMO LE ARMI E ANDIAMO!
ANDIAMO? DOVE, A CONTROLLARE LA CELLA IN CUI È IMPRIGIONATO, NEL BOSCO?
PER FORZA, CICO. DOBBIAMO TOGLIERCI IL DUBBIO.
HAI RAGIONE, SENNÒ CHI DORME STANOTTE...
PRIMA APRIAMO UN PORTALE PER IL RITORNO, PER SICUREZZA.
BRAVA, AMORE. IL BOSCO NON È TROPPO DISTANTE, POSSIAMO CONTROLLARE IN POCHI MINUTI.
PERÒ IO QUEL POSTO LO ODIO, SEMBRA MALEDETTO.

MALEDETTO, ADESSO, COME SEI ESAGERATO. DICIAMO SOLO CHE È UN LUGUBRE BOSCO PIENO DI INSIDIE, DAI COLORI STRANI E DOVE SI SENTONO UN SACCO DI RUMORI CHE NON SEMBRANO DI QUESTO MONDO.
...
...
DAI, RAGAZZI, UN PO' DI IRONIA PER STEMPERARE LA TENSIONE. DIAMO LA CACCIA AI PEGGIORI MOSTRI DEL MONDO DA ANNI, NON SARÀ CERTO SLENDERMAN A FREGARCI!
HAI RAGIONE, LO ABBIAMO CATTURATO UNA VOLTA...
...LO POSSIAMO CATTURARE DI NUOVO, INSIEME.
ECCO LO SPIRITO CHE VOGLIO DAI MIEI COMPAGNI DI AVVENTURA! GRINTA, DETERMINAZIONE E GIOCO DI SQUADRA!
OCCHI APERTI, RAGAZZI. LA VEGETAZIONE È COSÌ FITTA CHE PUÒ NASCONDERSI OVUNQUE.
OCCHI APERTI, MA ANCHE ORECCHIE SPALANCATE. OGNI VOLTA CHE RUOTA LA TESTA FA IL RUMORE DI RAMI CHE SI SPEZZANO. O DI OSSA, FORSE...
ECCO IL POZZO D'ENTRATA! PERÒ NON VEDO TRACCE SOSPETTE, QUA INTORNO.
SECONDO ME È ANCORA DENTRO. DIREI CHE POSSIAMO TORNARE AL SICURO ALLA BASE...
NO, CICO. C'È SOLO UN MODO PER ESSERE CERTI CHE SIA ANCORA QUA SOTTO.

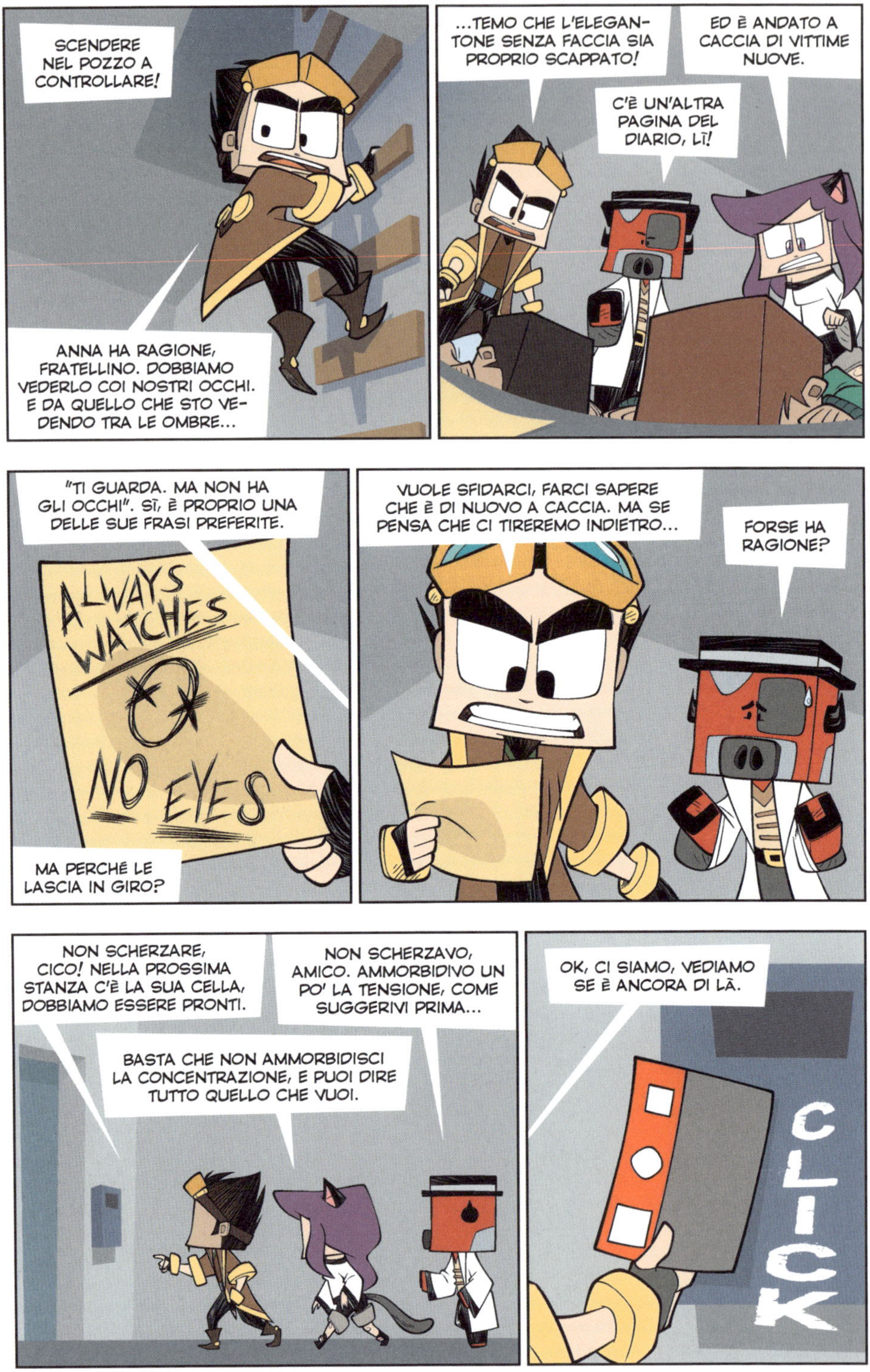
SCENDERE NEL POZZO A CONTROLLARE!
ANNA HA RAGIONE, FRATELLINO. DOBBIAMO VEDERLO COI NOSTRI OCCHI. E DA QUELLO CHE STO VEDENDO TRA LE OMBRE...
...TEMO CHE L'ELEGANTONE SENZA FACCIA SIA PROPRIO SCAPPATO!
ED È ANDATO A CACCIA DI VITTIME NUOVE.
C'È UN'ALTRA PAGINA DEL DIARIO, LÌ!
"TI GUARDA. MA NON HA GLI OCCHI". SÌ, È PROPRIO UNA DELLE SUE FRASI PREFERITE.
ALWAYS WATCHES
NO EYES
MA PERCHÉ LE LASCIA IN GIRO?
VUOLE SFIDARCI, FARCI SAPERE CHE È DI NUOVO A CACCIA. MA SE PENSA CHE CI TIREREMO INDIETRO...
FORSE HA RAGIONE?
NON SCHERZARE, CICO! NELLA PROSSIMA STANZA C'È LA SUA CELLA, DOBBIAMO ESSERE PRONTI.
NON SCHERZAVO, AMICO. AMMORBIDIVO UN PO' LA TENSIONE, COME SUGGERIVI PRIMA...
BASTA CHE NON AMMORBIDISCI LA CONCENTRAZIONE, E PUOI DIRE TUTTO QUELLO CHE VUOI.
OK, CI SIAMO, VEDIAMO SE È ANCORA DI LÀ.
CLICK

MA È ANCORA QUA!
INCREDIBILE, NON SI È MOSSO DI UN MILLIMETRO DA QUANDO LO ABBIAMO IMPRIGIONATO.
OH, MAMMA MIA. MA ALLORA? NON CE NE SARÀ MICA UN ALTRO!?!
NO NO NO NO NO NO NO NO NO NO NO
DON'T LOOK... OR IT TAKES YOU
ASPETTATE, VEDO ALTRE PAGINE DEL DIARIO...
SONO PROPRIO LORO. PERÒ NON CAPISCO...
LYON, GUARDA!
LÀ, UN'ALTRA PAGINA DEL DIARIO!
BRAVA, ANNA. DOBBIAMO RECUPERARLA, PUÒ ESSERE UN INDIZIO FONDAMENTALE.
COSA? VOLETE ENTRARE LÌ!?!
ALWAYS WATCHES
NO EYES

CERTO, LO TENIAMO SOTTO TIRO CON LA GRAVITY GUN...
...E LA PORTAL GUN. SIAMO DENTRO E FUORI IN UN SECONDO.
PRONTO?
CON TE? SEMPRE!
BEEP
MI RACCOMANDO, NON GUARDATELO IN FACCIA ALTRIMENTI CI ATTACCA. OCCHI BASSI E AVVICINIAMOCI ALLA PAGINA.
POSSO FARCELA...
ECCOLA, È LA NUMERO 6 DEL DIARIO!
ALWAYS WATCHES
NO EYES
PERÒ NON CAPISCO, PERCHÉ CI HA PORTATO QUA...
RAGAZZI...
...STA FACENDO QUALCOSA DI STRANO!
MA CHE...
...COSA...

FLASH
CI HA TELEPORTATI IN CITTÀ!
ARMI IN PUGNO, RAGAZZI, POTREBBE ESSERSI TELEPORTATO CON NOI!
IO NE SONO SICURO! GUARDATE QUELLE MACCHIE...
...DI SICURO STA ANDANDO A CACCIA.
GIÀ, CICO. MA NON HA FATTO I CONTI CON TRE CACCIATORI PROFESSIONISTI, ARMATI FINO AI DENTI!
IL TUO DETECTOR RECEPISCE QUALCOSA?
UN SEGNALE DEBOLISSIMO, MI PARE VADA IN QUESTA DIREZIONE.
BEEP BEEP
SE IL DETECTOR CI FA TROVARE IL TOKEN CON L'ANIMA DI QUEL BRUTTONE SENZA FACCIA, LO POSSIAMO PORTARE IN UNA CELLA DELLA NOSTRA BASE!
UNA VOLTA LÌ, SARÀ IMPRIGIONATO PER SEMPRE!
CON TUTTO QUESTO SANGUE, PER ORA IL DETECTOR NON MI PARE SIA NECESSARIO.
HAI RAGIONE, AMORE, MA IO NEL DUBBIO LO TENGO ACCESO.
RAGAZZI, GIRATEVI PIANO MA...

...DIREI CHE LO ABBIAMO TROVATO.
O FORSE LUI HA TROVATO NOI, AMICO!
CI VIENE ADDOSSO! ACCENDETE LE TORCE!
FFRRR...
FUNZIONA! LA LUCE LO ALLONTANA!
...RRRSSS!
SI È TELEPORTATO! POTREBBE ESSERE OVUNQUE, ADESSO.
ASPETTA, LE TRACCE DI SANGUE...
FLASH

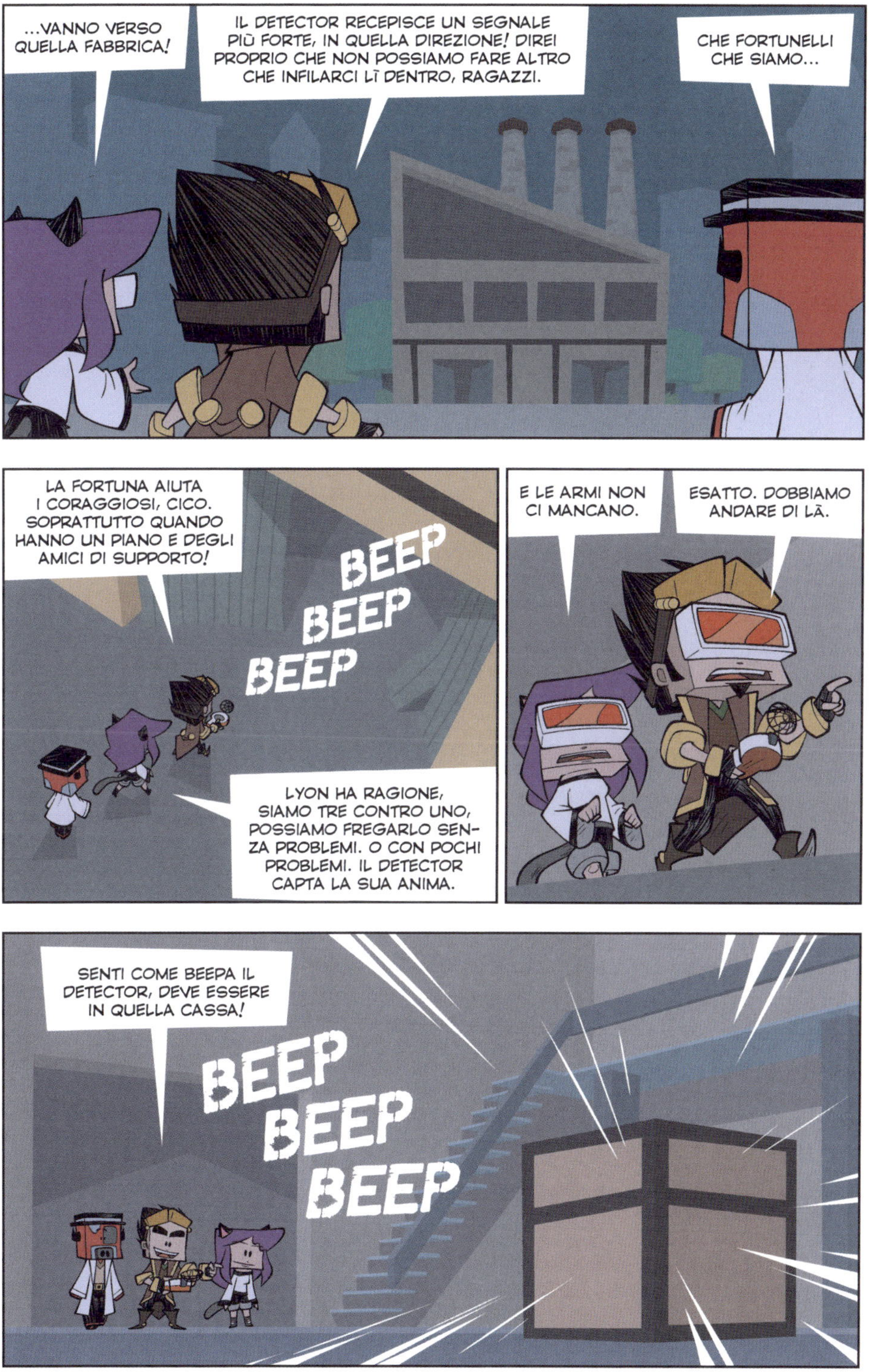
...VANNO VERSO QUELLA FABBRICA!
IL DETECTOR RECEPISCE UN SEGNALE PIÙ FORTE, IN QUELLA DIREZIONE! DIREI PROPRIO CHE NON POSSIAMO FARE ALTRO CHE INFILARCI LÌ DENTRO, RAGAZZI.
CHE FORTUNELLI CHE SIAMO...
LA FORTUNA AIUTA I CORAGGIOSI, CICO. SOPRATTUTTO QUANDO HANNO UN PIANO E DEGLI AMICI DI SUPPORTO!
BEEP BEEP BEEP
LYON HA RAGIONE, SIAMO TRE CONTRO UNO, POSSIAMO FREGARLO SENZA PROBLEMI. O CON POCHI PROBLEMI. IL DETECTOR CAPTA LA SUA ANIMA.
E LE ARMI NON CI MANCANO.
ESATTO. DOBBIAMO ANDARE DI LÀ.
SENTI COME BEEPA IL DETECTOR, DEVE ESSERE IN QUELLA CASSA!
BEEP BEEP BEEP

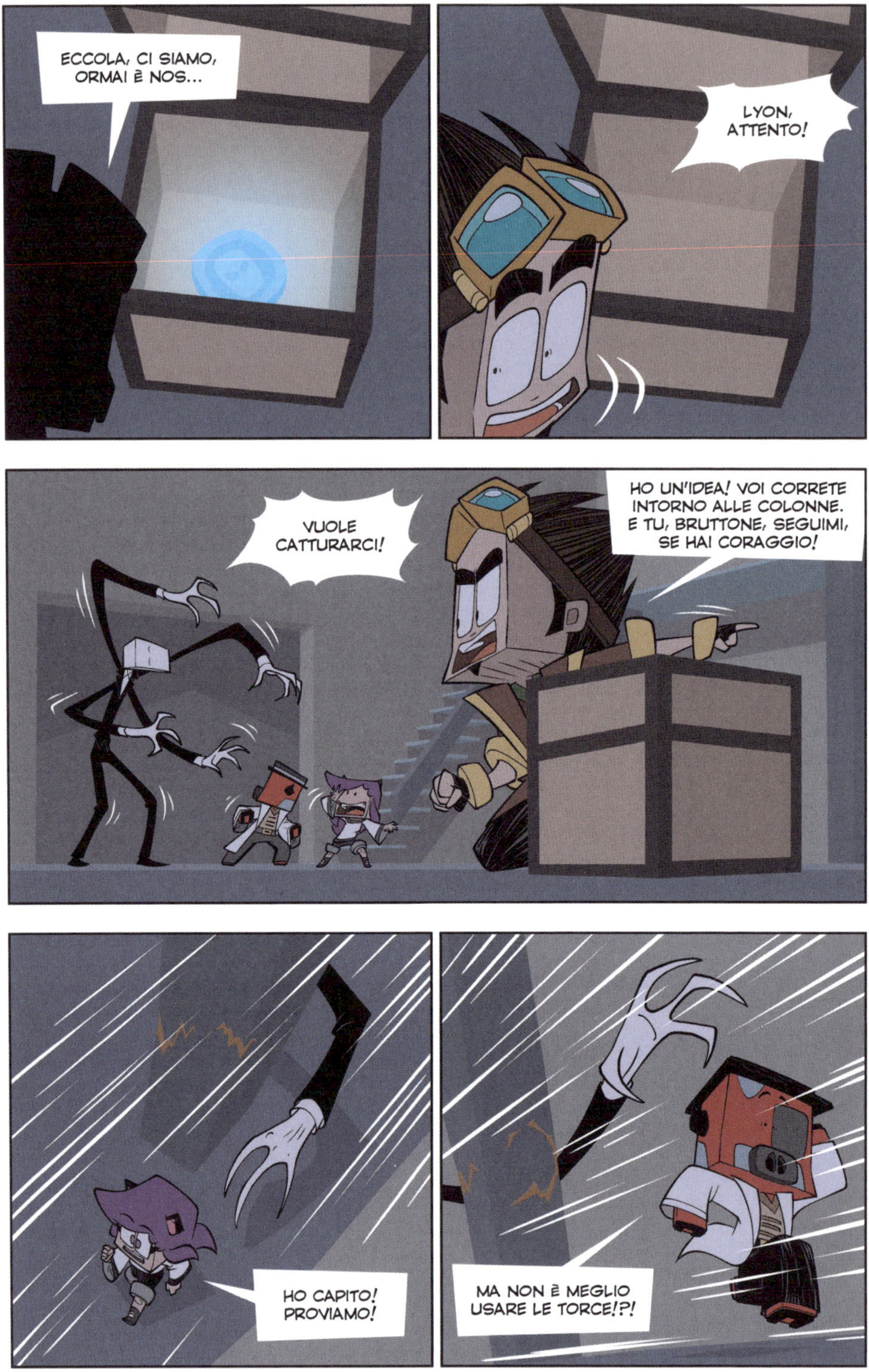
ECCOLA, CI SIAMO, ORMAI È NOS...
LYON, ATTENTO!
VUOLE CATTURARCI!
HO UN'IDEA! VOI CORRETE INTORNO ALLE COLONNE. E TU, BRUTTONE, SEGUIMI, SE HAI CORAGGIO!
HO CAPITO! PROVIAMO!
MA NON È MEGLIO USARE LE TORCE!?!

CCCCRRRRPRRRRRRRRRRRRACK!
LE ABBIAMO FINITE, OPS! MA DOBBIAMO SOLO DISTRARLO ABBASTANZA PERCHÉ...
...FACCIA CADERE IL SOPPALCO!
SEI RIUSCITO A PRENDERE L'ANIMA!?!
SÌ!
ECCOLA! PRESTO, APRI IL PORTALE, TORNIAMO ALLA BASE!
PRIMA CHE L'ELEGANTONE SI RIPRENDA!

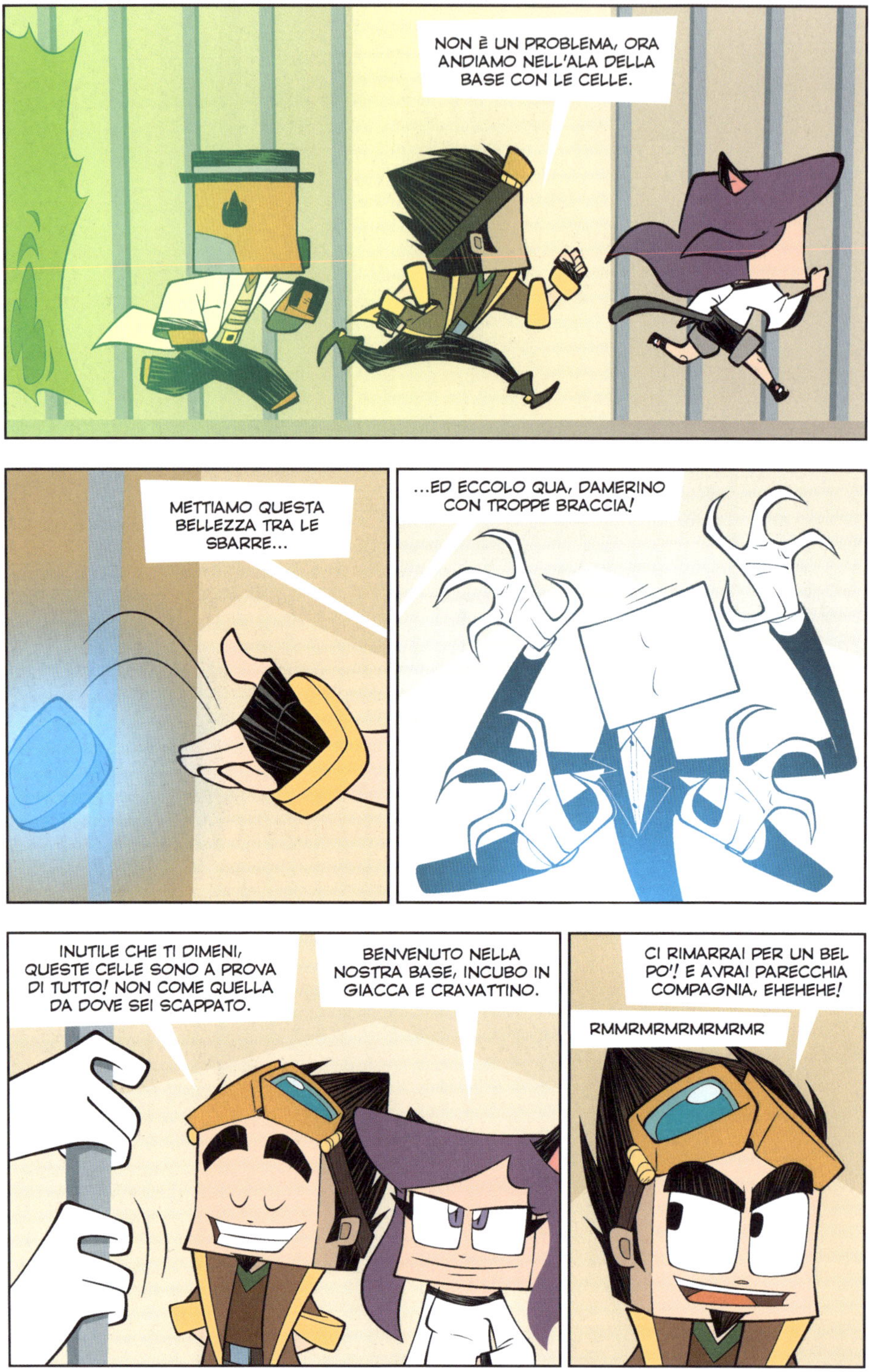
NON È UN PROBLEMA, ORA ANDIAMO NELL'ALA DELLA BASE CON LE CELLE.
METTIAMO QUESTA BELLEZZA TRA LE SBARRE...
...ED ECCOLO QUA, DAMERINO CON TROPPE BRACCIA!
INUTILE CHE TI DIMENI, QUESTE CELLE SONO A PROVA DI TUTTO! NON COME QUELLA DA DOVE SEI SCAPPATO.
BENVENUTO NELLA NOSTRA BASE, INCUBO IN GIACCA E CRAVATTINO.
CI RIMARRAI PER UN BEL PO'! E AVRAI PARECCHIA COMPAGNIA, EHEHEHE!
RMMRMRMRMRMRMR

ALLIGATORE

Una vecchia conoscenza
è tornata per terrorizzarvi.
Pensavate davvero di averlo
sconfitto?

IDENTIKIT

FORMA:
creatura rettiloide

PROVENIENZA:
sconosciuta

SEGNI PARTICOLARI:
incredibili capacità rigenerative

LIVELLO DI PERICOLO:
letale e implacabile

L'alligatore più gigantesco che vi capiterà di vedere nella vostra vita. Se avrete modo di raccontarlo... E anche in quel caso, probabilmente, nessuno crederà che abbiate incontrato un **lucertolone** che ha centinaia di anni, o forse migliaia, con **parti del corpo in avanzato stato di decomposizione**. Per non parlare delle **migliaia di cicatrici** raccolte in chissà quante battaglie e fughe dalle prigioni in cui hanno tentato di rinchiuderlo. Ci provano sempre, gli umani, anche immergendolo nell'acido, che rallenta il suo potere rigenerante. Ma Alligatore non ha intenzione di mollare, perché è tanto **furioso quanto paziente e tenace**, e per riprendersi ha solo bisogno di tempo e di qualcosa da mangiare. Il suo cibo preferito sono gli esseri umani, la razza che odia di più e che ha giurato di disintegrare, cancellandola dalla faccia della Terra! Soprattutto quei tre ragazzini insopportabili con

cui si è già scontrato più volte, quelle tre pesti che riescono sempre a fregarlo con destrezza e intelligenza. Ma questa volta andrà diversamente, questa volta Alligatore ha un piano...

OGNI VOLTA CHE USCIAMO DALLA NOSTRA BASE SENTO SEMPRE UN CERTO BRIVIDINO SCORRERMI LUNGO LA SCHIENA, RAGAZZI.
PERCHÉ SEI UN TIPO TROPPO IMPRESSIONABILE, CICO! PERÒ LO SAI CHE DOBBIAMO ANDARE IN RICOGNIZIONE ANCHE SE NON VOGLIAMO, NO?
CERTO, LYON! DOBBIAMO CACCIARE E CATTURARE MOSTRI.
PERÒ ANCHE SE LO FACCIAMO DA MOLTO, CONTINUA A METTERMI UN POCHINO DI ANSIA.
UN PO' DI ANSIA È NORMALE, QUANDO SI AFFRONTA L'IGNOTO, AMICO!
SAREMMO UN TRIO DI MATTI SE NON AVESSIMO MAI PAURA.
GIÀ, CON LE COSE CHE ABBIAMO AFFRONTATO E DOBBIAMO AFFRONTARE, TENERE SEMPRE GLI OCCHI E LE ORECCHIE APERTE È LA COSA PIÙ GIUSTA DA FARE.
HO TUTTO SPALANCATO, TRANQUILLI! PERÒ QUESTE NUOVE CREATURE CHE CERCHIAMO SONO PIÙ SFUGGENTI DEL SOLITO. COME LE SCOVIAMO?
ESPLORANDO CON ATTENZIONE OGNI CENTIMETRO DI QUESTE ZONE, E USANDO IL DETECTOR CHE CAPTA LA PRESENZA DEI MOSTRI. MA, SOPRATTUTTO, LE LORO ANIME!
SPERANDO CHE IL DETECTOR FUNZIONI... GIRARE PER QUESTO MONDO PIENO DI INSIDIE E PERICOLI MI METTE UN SACCO A DISAGIO!

PROVI DISAGIO PERCHÉ FAI VAGARE LA MENTE VERSO ZONE PAUROSE DELLA TUA IMMAGINAZIONE. ORA TI INSEGNO UN TRUCCO: RIPETI QUALCOSA CHE CONOSCI MOLTO BENE PER NON FARTI PARALIZZARE DALLA PAURA DELL'IGNOTO.
PER ESEMPIO?
RIPASSIAMO LA NOSTRA STRATEGIA DI ACCHIAPPA-MOSTRI! ANZI, SAI CHE TI DICO? VI FACCIO PROPRIO UN'INTERROGAZIONE A SORPRESA. CHE FACCIAMO, CICO, QUANDO TROVIAMO L'ANIMA DI UN MOSTRO?
DICI IL TOKEN CHE RACCHIUDE L'ANIMA?
ESATTO! VOLEVO VEDERE SE ERI ATTENTO!
CEEEERTO. COMUNQUE, PRENDIAMO IL TOKEN CON L'ANIMA DEL MOSTRO, E SCAPPIAMO A VELOCITÀ INCREDIBILE PER TORNARE ALLA NOSTRA BASE.
UNA VOLTA AL SICURO, DIETRO IL PORTONE CORAZZATO E LE MURA DI PIETRA IMPENETRABILI, METTIAMO L'ANIMA DEL MOSTRO IN UNA CELLA CHE ABBIAMO GIÀ PREPARATO.
PRECISAMENTE, STUDENTE CICO! E PERCHÉ È IMPORTANTE METTERE LE ANIME NELLE CELLE, STUDENTESSA ANNA?
L'ANIMA COSTRINGE IL MOSTRO A TELEPORTARSI DIETRO LE SBARRE. IN QUESTO MODO LO POSSIAMO TENERE SOTTO STRETTA SORVEGLIANZA, PER STUDIARLO MA SOPRATTUTTO IMPEDIRGLI DI FUGGIRE, *PROFESSORE*.
PRECISAMENTE ANCHE PER TE, ANNA! LO SO CHE NON NE POTETE PIÙ DI SENTIRMI RIPETERE I PUNTI FONDAMENTALI DELLA NOSTRA STRATEGIA DI RICERCA E ATTACCO, RAGAZZI...

...MA COME HA DETTO BENE CICO, QUESTI LUOGHI LI CONOSCIAMO ANCORA POCO. L'UNICA COSA DI CUI SIAMO SICURI È CHE CI SONO ESSERI BRUTTI E CATTIVI CON INTENZIONI ANCORA PIÙ CATTIVE.
QUINDI PREFERISCO FARE IL SERGENTE ISTRUTTORE ANTIPATICO SUI FONDAMENTALI, SICURO CHE CON LA VOSTRA CAPACITÀ DI IMPROVVISARE RIUSCIREMO A METTERE IN GABBIA IL MAGGIOR NUMERO DI BESTIACCE POSSIBILE.
SEVERO, MA GIUSTO!
PERCHÉ MI FIDO DEL MIO TEAM! INVECE INIZIO AD AVERE DUBBI SU QUESTO DETECTOR. AVRÒ MICA DIMENTICATO DI CARICARLO? QUALCOSA DOVREBBE CAPTARE...
RAGAZZI, ASPETTATE. SPALANCATE LE ORECCHIE.
PAF PAF PAF
NON SENTO NULLA, AMICO. SICURO NON SIA LA TUA FANTASIA CHE...
SHHHH!
STA ARRIVANDO!
CRACK
CHI?
COSA?
MENO DOMANDARE E PIÙ SCAPPARE!

DANNATE LE TUE ORECCHIE SENSIBILI, CICO!
ALLIGATORE!
MA NON SI DECIDE MAI A MORIRE!?!
MORIRE? QUELLI COME ME NON POSSONO MORIRE, RAGAZZINA.
INTERE CIVILTÀ SI SONO ESTINTE DA QUANDO ESISTO, E FRA POCO VOI TRE FARETE COMPAGNIA AI LORO RESTI DECOMPOSTI!
PRIMA DEVI ACCHIAPPARCI, PELLE E OSSA CHE NON SEI ALTRO!
WOMP
AH! PENSI DI FREGARMI CON QUESTI TRUCCHETTI, LYON?

HO SOLO COMINCIATO, GEKO TROPPO CRESCIUTO!
NON SEI ABBASTANZA VELOCE, RAGAZZINO!
WOMP
WOMP
WOMP
O FORSE...
...ERA SOLO UN MODO PER DISTRARRE LA TUA VECCHIA CARCASSA PUZZOLENTE!
CLICK
VEDIAMO SE RIESCI A SCHIVARE IL FUCILE GRAVITAZIONALE!
CONTINUATE A SOTTOVALUTARMI, UMANI!
COME OSATE TOCCARMI CON I VOSTRI AGGEGGI?!? SE CI TENETE COSÌ TANTO AD AVERE LA MIA CODA...

MI SEMBRA ANCORA PIÙ FORTE DELL'ULTIMA VOLTA!
FORSE, O FORSE SIAMO SOLO STATI PRESI ALLA SPROVVISTA! CALMA E SANGUE FREDDO, ANNA. POSSIAMO FARC...
...ECCOVELA SERVITA!
SBRAM
CRACK
CICO!
PUOI RESISTERE QUANTO VUOI, SPECIE DI BUE SU DUE ZAMPE, MA SENTO GIÀ LE TUE OSSA CHE STANNO PER FRANTUMARSI.

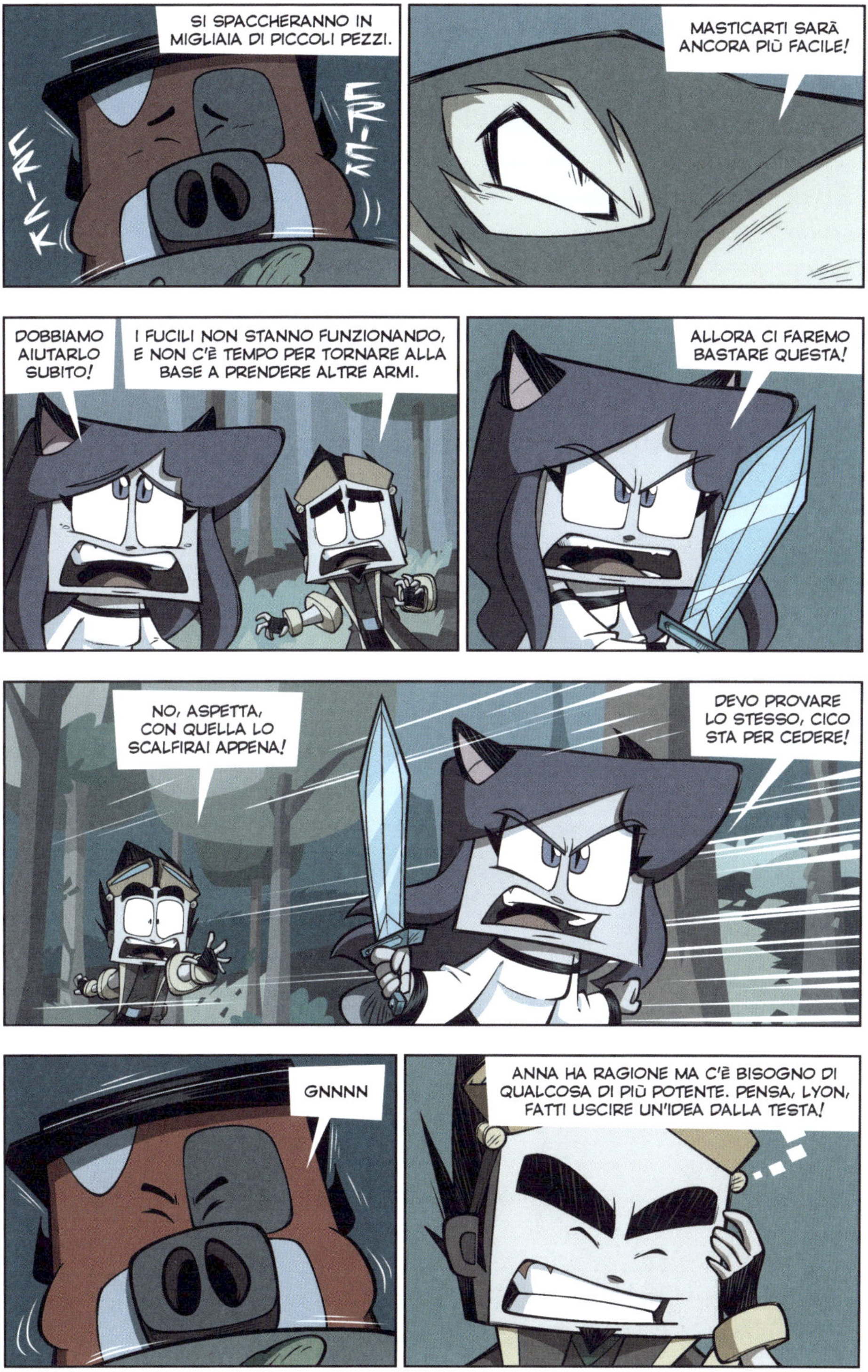
SI SPACCHERANNO IN MIGLIAIA DI PICCOLI PEZZI.
CRICK
CRICK
MASTICARTI SARÀ ANCORA PIÙ FACILE!
DOBBIAMO AIUTARLO SUBITO!
I FUCILI NON STANNO FUNZIONANDO, E NON C'È TEMPO PER TORNARE ALLA BASE A PRENDERE ALTRE ARMI.
ALLORA CI FAREMO BASTARE QUESTA!
NO, ASPETTA, CON QUELLA LO SCALFIRAI APPENA!
DEVO PROVARE LO STESSO, CICO STA PER CEDERE!
GNNNN
ANNA HA RAGIONE MA C'È BISOGNO DI QUALCOSA DI PIÙ POTENTE. PENSA, LYON, FATTI USCIRE UN'IDEA DALLA TESTA!

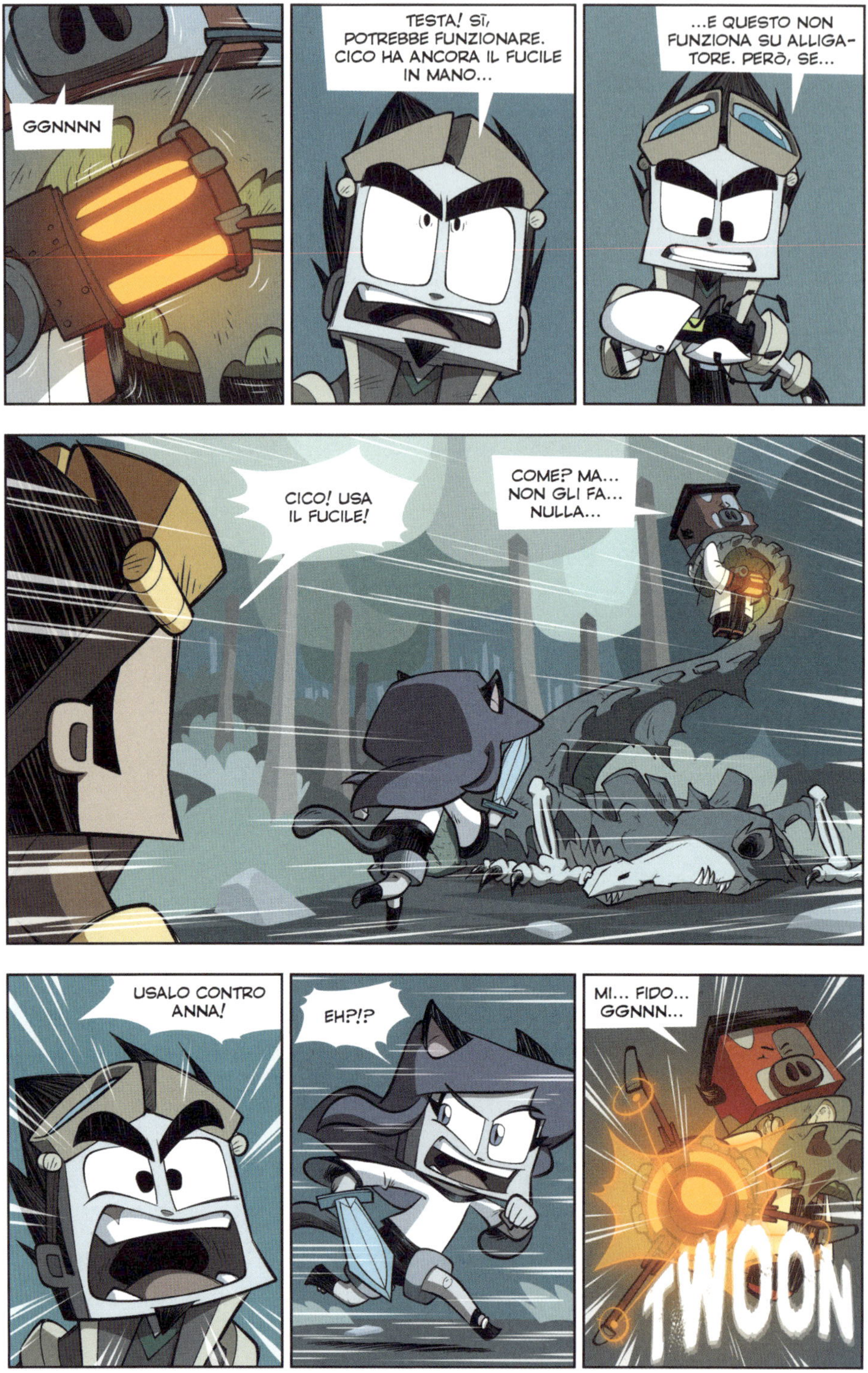
GGNNNN
TESTA! SÌ, POTREBBE FUNZIONARE. CICO HA ANCORA IL FUCILE IN MANO...
...E QUESTO NON FUNZIONA SU ALLIGATORE. PERÒ, SE...
CICO! USA IL FUCILE!
COME? MA... NON GLI FA... NULLA...
USALO CONTRO ANNA!
EH?!?
MI... FIDO... GGNNN...
TWOON

VUOI FARMI INIZIARE DA UN TENERO ANTIPASTO? PER ME È UGUALE, SARETE TUTTI MASTICATI E DIGERITI LO STESSO!
NON CREDO PROPRIO!
WOMP
MA CHE...
FORSE HO CAPITO!
BASTA TRUCCHETTI DA PRESTIGIATORE, LYON! QUESTA TECNOLOGIA NON PUÒ NULLA CONTRO DI ME.
GIÀ, MA FORSE IL BUON VECCHIO LAVORO DI SQUADRA SÌ!
COSA...!?!
TU SEI UNO CHE NON GIOCA IN SQUADRA, EH, BRUTTONE?

ORA TI SPIEGO L'AMICIZIA, LUCERTOLONE ARROGANTE! SIAMO TRE PERSONE DIVERSE MA...
...SAPPIAMO LAVORARE INSIEME...
ARGH!
...COME SE AVESSIMO UNA SOLA TESTA!
MALEDETTI!
MALEDETTI, MA VINCITORI! OUCH!
MI AVETE SOLO RALLENTATO, NON SONO ANCORA MORTO! HO AVUTO FERITE PEGGIORI DI QUESTA E SONO SEMPRE TORNATO!
SÌ SÌ, LO SAPPIAMO, TI RIGENERI E TORNI ALL'ATTACCO.
MA ORA ABBIAMO COSE PIÙ IMPORTANTI A CUI PENSARE. PER QUESTO MOTIVO...

...MANDIAMO IL TUO CORPO DA UNA PARTE.
WOMP
DA UNA PARTE MOLTO LONTANA!
MENTRE LA TUA SIMPATICA TESTOLINA SPELACCHIATA E PIENA DI BUCHI...
...LA MANDIAMO DALLA PARTE OPPOSTA!
DANNATI RAGAZZINI INSOPPORTABILI! TORNERÒ! VI TROVERÒ E VI MANG...
CERTO, CERTO. NE PARLIAMO LA PROSSIMA VOLTA, CHE NE DICI? CICO, A TE L'ONORE DELL'ULTIMO SALUTO.
SBAM
ARGH!

QUELLA TESTA DI RETTILE È FINITA A CENTINAIA DI CHILOMETRI DA QUI!
HO TARATO IL FUCILE ALLA DISTANZA MASSIMA, FINIRÀ IN PIENO DESERTO.
OTTIMO, SENZA NULLA DA MANGIARE CI METTERÀ UN SACCO DI TEMPO A RIGENERARSI.
SPERIAMO NON CI SIANO ALTRI MOSTRI COME LUI IN GIRO, PERÒ!
QUEL BRUTTONE PIENO DI SCAGLIE ERA DI CERTO UN'ECCEZIONE, ANNA. MA NON IMPORTA.
DIAMO LA CACCIA A MOSTRI DI OGNI TIPO DA UN SACCO DI TEMPO, PER CUI...
NON SIAMO NOI A DOVER AVERE PAURA, MA QUALSIASI BRUTTO CEFFO SI NASCONDA IN QUESTI POSTI MALEDETTI. SIAMO PRONTI A TUTTO, GIUSTO?
LYON
CI PUOI SCOMMETTERE!